出神

刘天昭 著

上海三联书店

目录

散 1

2010 年 2

到雪里去 2

冬天的寒冷景色 4

安静 6

风流的大舅姥娘 7

唱和 10

幸运 12

鹅卵石 14

大老丫花 15

林中路 18

现代性 19

盛装 21

没干啥 22

老头儿老太 23

畸人 25

美 27

二两黄金　　28

春秋来信　　30

追求进步　　32

五年　　34

2009 年　　35

杯盘狼藉的时刻　　35

今天晴了　　36

真想做个大诗人！　　37

懦弱　　39

小石头和小小花　　40

看电影　　42

回不来　　43

迷失　　44

过得美　　45

最胖最胖　　46

冬天　　48

盛夏的顶点　　49

周日　　51

西窗　　52

"阳光照耀人类的灾难"　　53

信息量很大　　54

还是杨树最好看　　56

猜　　58

一直觉得　60

惊见 G20 变两会　61

看了《小团圆》　63

龙口东路　64

三月　66

另一个女人的史诗　67

一暴十寒　72

个人总结　73

2008 年　74

好像吃了一大顿饭　74

世界一直去　76

范仲淹　78

二米饭　80

high　81

跳火车　82

有一天　84

葱伴侣　85

安娜小姐　86

雨一直下　87

游园　89

争做自由人　90

不察　91

坐小凳儿上坐着　92

二沙岛上的中医院　93

忽然夏天　95

小郑　96

十年　97

刘瑜　99

办公室　100

干物女　102

最烦　103

木棉再一次　104

华华　105

半日闲　108

白云黑土迎奥运　111

浮云　112

开了几粒安定片　113

2007 年　114

不归路　114

爱江山更爱美人儿　116

冬天　117

最好的时光　118

害怕　120

未来过去时　122

可以用　124

补记　125

One Night in Beijing 127

放任自流 128

什么也不写 129

叠字 131

放纵 132

痛痒 134

信 135

中午街上 137

别弄脏了表格 138

三角恋 140

它会跟你在一起 142

结婚证 144

空调啊 147

继续 148

最美 149

子强 151

失控 153

存款 154

不知是哪七样 155

征婚启事 156

开 158

使劲儿对人好是可疑的 159

二姐转来的妈妈的邮件 160

形象思维 162

星期天　163

没大没小　167

阴天　168

在春天　169

这是多么矛盾啊　170

电　171

睡觉最抒情　172

2006 年　174

心里难过的时候　174

晒太阳　175

噩梦再一次　176

不得消停　178

第三条道路　179

天气在凉　180

Impossible is Nothing　181

有话不能好好说　182

站台　183

记者节　184

原来是这样　185

惶然录　187

不可能忘记北方　188

一句诗　189

放假可真好　190

毒　192

单方面宣布,秋天开始了　193

居然想要描写景色　194

东兴北路　196

chop-free pig　198

千年修得同船渡　199

辛苦　202

吃了一大顿饭　203

台风也很好　205

跳　206

竹野内丰　207

听力　209

never too old to hurt　211

探亲　213

小枕头　217

七月　218

暑假　220

二姐又来信　222

忽魂悸以魄动,恍惊起而长嗟　223

焕然一新　224

然后　225

亲爱精诚　230

戴着粉色的塑胶手套　232

刘平和方方　233

湖 235

东窗西窗 236

二姐来信 238

今天放假 240

体验的目录纵横交错 241

夜里十二点半 244

下半夜的老虎与水鹿 245

蓝瓶的 247

三角梅 249

欲持一瓢酒，遥慰风雨夕 250

失忆的证据 253

all or nothing 255

初七 256

直露一回 257

转贴大姐写的 259

向翠仪 260

2005 年 261

那个让大人尴尬的孩子 261

江湖 263

早上把两件大衣送去干洗店 265

我爱写树叶子是遗传的 266

吃栗子的人 268

可能是有这样的需求 270

百年孤独红楼梦　272

西窗　275

我不会改链接的字体颜色　276

俳句　278

让人神往　279

去看七剑　281

普鲁斯特瞬间　283

be cool　285

大街上的政治　286

fears　288

朝闻道　291

蜘蛛　292

木棉的花期　293

他好象没受什么污染，除了思想！　294

2004 年　295

好久没见人　295

头发　297

传播学　298

251　299

事实　300

晚来天欲雪　301

周末　302

系统已经从严重的错误中恢复　303

8 秒　305

光天化日　306

最喜欢　307

我讨厌被说谎　308

刘晓箫　309

复印机上的银杏叶子　310

孔雀翎　311

深居简出　312

一夜的屈原　314

网络的速度　315

二楼的阿姨　316

姥姥的梦　318

一双好鞋　319

明天下雨　321

后海后遗症　322

上帝给瘦女文学青年的礼物　324

七剑下天山　325

改天去图书馆把它翻出来　327

读那破书读出毛病来了　329

文　331

不远万里来看你　332

人生，诗意还是失意　334

头发的故事　336

像青春期一样寂寞 338

逃亡路上 340

偶然的东西 342

老了以后我们一起喝茶吧 344

我们最精英 346

八十年代的新一辈 348

极端版本 350

当你孤单你会想起谁 352

人格的形式感 354

风筝与火焰 356

医疗广告的现实主义 358

慢 360

中国洞 362

絮叨 364

从小肉丸子到高尔夫的广阔前景 366

张春花吹气如兰 368

两个清明节 370

和付龙一起跳集体舞 372

亚寒带针叶林 374

后记 376

散

2010 年

到雪里去

2010 - 12 - 10

1.

雪一直下。

午饭之后出门，走了一段湖堤，一片树林，一条热闹街。给妈取手表，前两天送去清洗换电池的。

湖堤上碰见两个中年女人，四十五六岁的样子，穿得乱七八糟。一个捧了一把雪，攥团儿，跟另一个说，黏糊儿的！拉开了胳膊，往湖心扔出去。脸冻得通红，像个大苹果一样快活。像是女中学生的友谊，互相撒娇扮演着女小学生。

不知为啥想起李银河。

又有一对情侣，女的站在石阶上，一手搂着路灯柱子，一手在腮帮子旁边横比着 V 字，男的在下面举着相机。女的说，快点儿，快冻成冰人儿了我都！

树林里真美啊。

2.

下雪的时候，会觉得上帝非常温柔。

上回风大，在树林里走，脸刮得生疼。可是也不觉得严酷。迎着雪站下来，听风声呼啸，觉得自己无法融化，因此又感动又坚定起来。

又觉得道路真理生命，是这样磅礴的一段交响乐。

3.

流行的说法是，俄罗斯人的性格还有俄罗斯文学，都跟那里严酷的气候有关。

要跟自然对立，才谈得到严酷。我从来都是盼着下雪的，也盼着冷，盼着冬天的顶点。当然我没有生存之虞，不必战斗在风雪一线。但是莫斯科彼得堡那些文人，好像也不用吧。

我自己的体验是，在东北，大自然是一个更强烈更有力的存在，人工合成的世界，对比着屡弱起来。让人不由得浪漫，豪掷此生，或者仰望神明。

冬天的寒冷景色

2010 - 11 - 22

1.

两场大雪，都没能去成树林。

雪最绵厚的时候人在北京，回来一直胃疼，出去几次都是有事。昨天暖得下起雨来，湖上的薄冰都化开了，潾潾又是秋水。小区草地上只剩下零星几片白，树林里大概也过了盛景了。

虽然不强烈，但确实有点遗憾呢。原来这情致是这样近便而真实，以前以为要多么颓废和空虚。又不喜欢这里面的小执着，像日本人了，当然希望像王维或者苏轼。

2.

回来那天下午去医院，路边叶子掉光的小灌木丛上，原本托着的一大团雪，簌地掉下来。好像那棵小树忍不住顽皮，微笑了一下。

3.

有天傍晚在五道口等红灯，闪过一句，这就是历史。可能感觉到这不是常态。又想哪就有常态呢，都在流变的历程中。但是繁华，大概就像它的本意繁花那样，更加容易让人感到脆弱，感到流逝。

铁轨旁边站着，比在火车上颠簸，更加觉得呼啸恐怖。长春爸妈家，对我来说，就像世界的终点，后背终于可以倚到墙。

4.

每次去 FJ 家路上，在她家，从她家回来的路上，我都感觉掉进了安贝蒂的小说。她说要卖房子，我就特别舍不得。

每次都想爬出来写一篇安贝蒂风格的小说，可是一爬出来，就好像刚读完了一篇，只想深深叹口气。

5.

清晨起大雾，我们迟了几分钟下车，长长的冰冷的站台上没有别人。我那时想，不能对这个画面有感触，不要记得，不能假想未来会回忆这一幕——这不吉利。心里一阵恼，一阵疼痛，就又麻木了。可能是太累了。

这是大石头上一朵轻浮的小蘑菇，可以摘下来。最深刻的体验，永远不写，不琢磨，没法写，没法琢磨。

安静

2010 - 11 - 05

感冒好了以后,改在中午去树林。落叶铺得很厚,深一脚浅一脚的。很酥脆,草木香。

最近都晴朗,也没有风,灰喜鹊无声无息飞过。假想我是那个日本古代女人,我就会写,让人感到安静的事物:晴朗的正午、窗前的落雪、无端起落的鸟。

有一天见人收落叶,远远在树林深处,身影很小。围着头巾,像想象中《古都》里的苗子。没有走近,可能潜意识里觉得无法走近。

继续看《安娜·卡列尼娜》,她太可怜了。

风流的大舅姥娘

2010 - 11 - 03

午饭时候,妈讲起她姥爷,本来也得长寿,被苛待死的。继而讲起了她大舅妈,我应该叫大舅姥娘的。

挨饿年头,还落我大舅妈手里了。那不是我大姨窝囊,做不了我大姨夫的主,我老姨还搬黑龙江去了。我大舅妈可恨我姥爷了,她搞破鞋,穿堂屋,半夜顺我姥爷这屋翻窗户,我姥爷就把窗户钉死了,外头做个像小柜门儿似的。那可恨死了。那落她手里,那还能有好儿。可厉害了,我大舅啥也不是的玩意,管不了。那年大扁瓜、就是她儿子、媳妇儿来煤气公司找我来,说的,她婆婆可厉害了,盘腿儿坐锅盖上,农村大锅你知道吧,不都大木头锅盖,不让他们起火做饭,能作,谁也整不了。她那儿子媳妇儿,叫她管得服服帖帖的。还不是她亲儿子,生七个姑娘,后来我爹给她要个小子,这事儿上哪说去,这小子就借上力了。大扁瓜媳妇儿来找我,就是大扁瓜要问他三姑父、就是你姥爷,到底跟谁要的,要找亲生爹娘,认祖归宗。我反正给你姥爷捎信儿了,谁知道后来找没找啊,没打听了,一晃儿这都多少年的事儿了,大扁瓜有没有都不知道了,比你大舅大一岁。

都知道她搞破鞋，十六岁嫁过来，就把那姓冯的男的带到我们屯子来了。说是在家前儿，十四岁就搞上了。这玩意都天生。她那姑娘也搞破鞋，我三姐。后来她们娘俩儿都跟 QBH 她爷。跟你姥爷是一个太爷，不远。长得好，大高个儿，浓眉大眼儿，戴水葫芦皮帽子。我都记着呢，去我大舅他家，在炕上烤火，他跟我大舅妈俩，面对面坐着，隔个火盆儿，就像脸盆儿那么大一个火盆儿，那不就脸儿对脸儿么。要不你姥娘能那么恨 QBH 么，掐半拉眼珠瞧不上她。那不是她嫂子她亲侄女么。是不是亲侄女也都不一定了，谁知道都是跟谁生的。我大舅妈长得也好，大脸盘儿，一头乌黑的好头发，梳一个大发髻，那时候也不带染头发啥的，一根儿白头发没有的少，大眼睛双眼皮儿，一口白牙。就是佝偻背，直不起腰来。她那姑娘，我三姐，长得比她还好。打小就不断搞破鞋，跟 QBH 她爷的事儿，全屯子都知道，就嫁不出去了呗。后来都老大岁数了，二十好几了，还是我爹给她找的，好几十里地，那个屯子的，一个找不着媳妇的，长的可不好可不好的，又黑又瘦又小，不大点儿一个小干巴人儿，那有啥法儿，那就嫁了呗。嫁过去也总往回跑，后来跑不起也就拉倒了，那在那屯子也消停不了，搞破鞋这玩意，跟赌博吸毒一样一样的，沾上就一辈子。

大鼻子，就是俄国人，不是来帮打国民党么，大鼻子来前儿，全屯子的女的都跑了，老婆子小姑娘，都跑了，就怕被强奸呗。就我大舅妈留下了，说的，我倒要看看大鼻子啥样儿。完了她就被老多人给轮奸了，就长病了，谁知道那是整出啥毛病来了，反正再就直不起腰来。一直那么佝偻着。那就是四七四八年的事儿呗，她也就三十多岁，不到四十。这玩意你说,那么佝偻也不耽误搞破鞋,人可有一套魔力了呢。谁知道了,搁现在备不住叫咔解放呢。其实就是不知磕碜,屯子里人都回来前儿,她就到处跟人讲,那些人怎么跟她整那套事儿啥的,讲得比比整整的,可觉得是美事儿呢。这都你姥跟我讲的,我也麻麻查查知道点儿。

唱和

2010 - 10 - 16

等快递到三点多,阴天压着,没有出去散步。这很不好。

取件的大姐很抱歉,反复说,等急了吧,搁我我也急。

我说,今天真冷啊。她说,都飘小雪花儿了!

我才往外看。

开着暖气抱着茶,看了一天韩剧。

头几年愧疚感还很强,烤暖气就要想矿工。现在这感觉没那么尖锐了,只剩虚虚的不安,上楼时候想,是不是堕落了。竟然想不动。也是,看了整天韩剧。

我希望有生之年这点不安都不要彻底消失。我不想活得过分理直气壮,可疑。

本来是为了压惊。读《安娜·卡列尼娜》,眼睁睁看人走进悲剧,心里抖得慌。

急需虚假的完满。女主角开头总是很悲惨，但是一点也不觉得她可怜，因为知道她会幸福甜美地收场。

看韩剧太有安全感了！

又觉得跟列文很亲，读到他的部分代入感极强。读《战争与和平》的时候，觉得跟安德烈和皮埃尔都很亲，经常偷偷比较自己到底跟哪个更像。

然后生气地想，难道真的生错了性别？

我爱看韩剧：）

阴天零星小雪，格外孤寒，有贫瘠感。《在酒楼上》。

每次这种天气，都想两句诗，觉得它们是唱和。

——晚来天欲雪，能饮一杯无？

——欲持一瓢酒，遥慰风雨夕。

幸运

2010 - 10 - 06

又是晴暖好天。

爸说,八月寒,九月温,十月还有个小阳春。

这说的还是阴历,爸补充说。

给爸买的羊绒衫,给自己买的小棉袄,都送到了,都很成功。

二姐电话,说我,又不工作,又没家务,就散步,你过得太好了!我只能表示羞愧,我怕人神共愤。

每天走树林。有时就要想象友人来,介绍给 TA。我的树林哦。

自己都觉得自己特别温柔。

谁也不会为这个来,也不可能为这个邀谁来。

只好拍照片,怎样都没有看到的好。

走了这些天,中途还是不知哪是哪。每天的路都不一样,一样了也意识不到。不想看地图,想有一天自然走熟了。就能随身带着,想丢都丢不掉。

今天松林子里想到天涯孤旅这词，自顾笑出了声。

真是有感恩的心情。

一直知道自己很幸运。年轻时刻意轻视它，是热爱豪掷及其虚无，同时也是隐秘的炫耀——真粗鄙。我谅解自己年少轻狂。以后我要安分守己，像巴菲特理财那样善待它。

鹅卵石

2010 - 10 - 01

昨天晴暖,在树林里先后碰见两个画油画儿的。好像迎面看见了宁静。流沙里摸到两枚鹅卵石。

画画儿敛神,文学创作,我觉得,也敛神。但是另一种文字作品,意在表达和交流的,就散神。

我不觉得文学意在表达和交流。

今天小阴天,天格外蓝。辉煌的白桦林里,有一组画画的,像是艺术学院的师生,结伴来的。有站着围观的,懂行,聊起来了,开起玩笑来了。觉得亲切,又觉得这可就画不好了。

大老丫花

2010 - 10 - 01

以前家门口有块小园,妈毫无章法地种了茄子西红柿辣椒豆角香菜葱小白菜,还有芍药花扑腾高大老丫。妈最喜欢大老丫花,打电话催我们回家,再晚就看不着了,这花开的!带相机回来,给我这花照几张!要不上哪记着去,开完就拉倒了,多可怜。

大老丫花就是西番莲。我觉得叫大老丫花更传神一些,俗野的健康喜庆、娇艳朴茁,正像理想化的乡村姑娘。

荷花落了大老丫就开了。妈散步的终点,也从荷花池改成了大老丫花圃。看见有挤进去照相的,就很关注,怕他们压折了花枝。当然总有人碰断花枝,垂下头来,或者干脆落在地上。妈很想拣回来,插瓶里还能活好些天。但是怕人看见,以为是她有意折的。妈说,我倒不怕人寻思我啥,我就怕都来效仿我,那不就把花都糟践了么!

有一天我鼓励她,就拣了两枝。回来路上,妈一直在搜索他人的目光,有人看着她手里的花了,就举起来说一句,不是我折的,地上拣的!没头没脑的。回来,插瓶里,看着就很乐。反复说,你看我这花!

昨天妈拣了五六枝回来，把从前人家送的蓝花白瓷瓶子拿出来，插上，非常美。像红楼梦。妈就一直坐在沙发上花对面，勾毛衣。不时抬头看，喜滋滋地说，你看我这花，你看我这花，可真美呀。咋寻思开的呢你说，这大自然，咋能造出这粉色儿、这紫色儿呢，你说能耐不能耐！又说，明天我还去拣去，拣几朵给你大舅妈送去。隔一会儿又说，压力可大了，这一道儿净跟人解释了。

我说，要不给你做个牌子，写上，拣的，不是折的。妈竟然说，嗯，行。我说，我做了？就去拿了月饼盒子拆开，正准备大做手工，妈又说，拉倒吧，举个牌子让人瞅着也不带劲，又没做亏心事。

去年国庆节，妈和大姨大舅妈，仨人去公园看花，妈就拣了两枝花给大舅妈拿回家去了。

大舅妈中风十几年了，不能讲话，智力也不健全了，走路都不利索。不敢让她出门，怕她走丢。但是看不住，悄没声的自己去马路对面的菜市场买迷彩服回来，要穿。

前几天，大舅妈偷偷溜出门，迢迢地走到公园，没能找到花圃，天就黑了。被公园保安送到派出所，问家在哪，说不出来，问姑娘儿子，说不出来，费了很大的劲儿，写出了小哥的名字。派出所查出很多同名的人，一个一个问，才问到小哥，把大舅妈接了回去。

大家讲这笑话，都说是妈去年带她看花勾引的。说是今年入夏以来，每天都在小区偷花儿。她住的那个小区，就是从前我妈种小园子的那个小区，基本没有公共绿化，只有各家种的花儿。大伙儿吓她，说偷花叫人抓着，送公安局去。她就怕了，在家呆了几天，还是不甘心，改成中午出门,打量好了,傍晚上天擦黑,再出去,偷回来。这样一夏天,瘾头越来越大,终于搞出大动作来。

今天妈拣了五枝花送去给大舅妈,回来说她乐得合不拢嘴,直拍手。一会儿拍拍我,一会儿摸摸花儿,一会儿拍拍手,这架势乐的。

林中路

2010 - 09 - 20

回家两个月。上一次在家呆这么久，是零三年底，没钱了。

有一天教练问某同学，昨天怎么没来？答说，上班儿呢。教练说，这前儿谁正经过日子银上班儿啊？

突然冷了。热茶捧在鼻子跟前儿熏着，轻袅袅的，晃过往日时光，那几年一个人在上地。

前两天太阳很晒，空气像是冰沁过的。练车回来路上，想天地真是仁厚守诺，到了九月，就给我们九月。

四点多钟出门，金光耀眼一个湖。从大桥西脚下去，一片深幽的树林。那景色没法儿写。大学时候，有一次去美术馆看俄罗斯油画展，或者俄罗斯风景油画展？当时就惊异，怎么全都是，金光，湖水，密林。

我现在就知道，我会怀念这一段生活。这想法并没带来一丁点儿不自然。

现代性

2010‑08‑26

为了老年矍铄，提前过上了老年生活。每天傍晚出门走路，不好意思走太快，速度刚够回家时出一身汗。见到疾走带风的，一边走一边甩手的，一边走一边捶胸的，我就很绝望。

每天的晚霞都不一样，艳丽的，明媚的，娇羞的。今晚跟喝醉了一样，染着红彤彤一个湖。

想大自然真阔气，每天一个新鲜；想大自然里没有珍惜这回事儿——然后一堆俗话，比如色即是空，比如天若有情天亦老。

在公园深处被歌声惊住了。一群，有十三四个吧，成年人，二十岁到四十岁的样子，蹲在地上围一圈儿，玩儿丢手绢。"大、家、不要不要告诉他……"

路过的时候，正哄然大笑，那欢乐听着是真实的。我早锁住了感受，只知道自己是给震住了，封条上一个批：如此坦然的肉麻。

原来中央电视台真的是为人民服务的。

人要多么恨自己。一碗水泼地上，都能低下去，蜷进去，完成被淹没。

再走，忽然被急行军包抄，自己倒着穿过。

是徒步团。走得真快，拳头一样冲过去，人形都不存在了，只剩下决心们。决心攥住决心，决心跟决心共鸣。生理性地，感到非常恐怖。

前头一个扛着红旗，黄字儿，"军旗飘飘"，下头还有小字儿，快乐、自由，应该还有俩词儿，旗没飘起来，我也就没看见。

这就是传说中的现代性困境么。觉得时空错乱。

盛装

2010 - 08 - 20

回家一个月。昨天一场大雨，今天风吹着纱窗一抖一抖，秋天了。

几乎每天沿着南湖堤坝走，遇见散步的人，赶路的人。

家乡人喜欢"盛装"，穿的大花大朵的，样式也夸张，有的几乎像礼服。让人想起这是春晚收视率最高的地区。

有一天遇见一个，柳树底下，正红浓黑相间，抹胸束腰短蓬裙，胸上碗口大一朵绢花。化着油妆，领着儿子，一边走一边啃一穗烧苞米。给人一种强烈的行尸走肉感——虽然这么说对她不公平。

说不明白，应该拍个照片儿。

没干啥

2010－08－09

咳嗽得厉害,怕受风不能出门儿。

也不能工作,显得太呕心沥血了。

网上挂着,滤了几遍没找着有话茬儿的人。

下午两点多,坐在厅里有一搭无一搭看小说,妈坐沙发另一头摆扑克,爸从里屋出来,说,你们干啥呢?

我说,没干啥。

爸坐下,妈继续摆扑克,爸说,给我拿两个姑鸟儿吃吃呗。

我起身,妈说,少拿,甜!

爸照例说,吃点甜的能咋的!

楼下剪草,阳台上清凉凉的空气里草木汁液香。

我把姑鸟儿放在茶几上,站在那儿,不知道接下来做什么。

老头儿老太

2010 - 08 - 08

20 天很轻快地过去了。

大姐带圆宝回北京,假期结束。收拾房间,建立秩序,像新开学前包书皮儿刷书包,欣欣然,不肯想接下来的生活仍是稀松平常。

然后就感冒了。

今年凉得早,雨水太大。晴的时候光影明媚,到了傍晚就有秋意,阴雨天就更不用说。

妈照例为庄稼担忧。爸说,皇帝没福百姓遭殃啊。

小区里扫院子的老头儿大清早跟妈说,六月里立秋,颗粒无收啊!

吃过晚饭跟妈去南湖堤坝上散步,柳树底下来来往往许多人,非常"人间"。

妈捏我手,说,你细听,那老太太吧,都说,吃啥药了,上哪买东西便宜了,那老头子吧,我今天早上路过听的在那儿说,温 jiabao 来了你知不知道?

爸前几天住院，同屋一个七十多岁的老头儿，老伴儿陪着。

有一天爸的一个老朋友，八十多岁，来看爸。

三个老头儿说得很热闹。

——没有老伴儿那是绝对不行，老伴儿老伴儿，没了伴儿的那个，那三年都活不过，不带差的。

——那老太太行，你看老太太，守着孩子都能过。

——你跟儿子跟姑娘，那都不行。你看她吧（手指老太太）隔三差五去姑娘家看看，去儿子家看看，我不去，我谁家也不去，我姑娘家，我连口水都没喝过。我不去，去人家干啥去？

——老太太能给干活儿啊，买个菜做个饭了，看个孩子啥的。你老头子能干啥？

——我跟你说，要是说让孩子投票啊，说你爸你妈必须走一个，那百分之百都得投他爸的票。

——不管是谁，老伴儿走了，我都建议他找一个。老太太也得找，老太太不找，老头儿找谁去？

——年轻的行，像那五六十岁的，找一个就找一个，像那七八十的，咋找？

——我们院儿那个，好几个，都找的。

——反正那钱房子可都给后老伴儿了，那孩子都没争去。

老太太冲我眨巴眼睛，说，你说说，这老头子咋都这么没出息呢！

畸人

2010 - 5 - 4

1. 初夏

这几天晴朗干燥还有风，把所有能洗的都洗了晾了。

夏天衣服拿出来，冬天衣服收起来。薄纱裙子一抖，一屋子阴凉。

门窗大开，马路上的声音、工地里的声音，都好听，都是勃勃生机。

唤起好多记忆。

2. 畸人

去杭州之前在报社图书馆借了一本《小城畸人》。

借了才知道是个有名的书，相当得意，觉得自己真是有品位啊！

有几次想起《孔雀》和《立春》，不过没有那么来劲地描述尴尬。这书并不是要写人性与环境的冲突，它好像只想探索人性啥的。

那两个电影那么喜欢描述尴尬，让人觉得是在报复。至少是控诉吧。我猜想，小城镇里的理想或文艺人士的疯狂，应该是一个被写的很多的主题，控诉应该是最糟糕的一个角度，很容易就把生命内在冲突的成分给忽略了，简化为人与环境的冲突，有一部分要算是栽赃。但也许

控诉是最有号召力与感染力的,这是多么不诚恳。

《小城畸人》要雄心得多,它开头的自白:

起初,在世界年轻的时候,有许许多多思想,但没有真理这东西。人自己创造真理,而每一个真理都是许多模糊思想的混合物。全世界到处都是真理,而真理统统是美丽的。……使人变成畸人的,便是真理。……一个人一旦为自己掌握一个真理,称之为他的真理,并且努力依此真理过他的生活时,他便变成畸人,他拥抱的真理便变成虚妄。

看到这一段的时候,想发给许多人。他们都会同意,自己已经"成熟"为这样的畸人。

我也是。

因为带了这本书,就说起来,跟妈在杭州的宾馆里,盘点熟人中的畸人。

说了几个生动好笑的吝啬鬼的故事,妈说,小气不能算是畸人,小气的人太多了!

妈又说,照这么说,人人都是畸人。

又说,可也不一定,我看那有的,跟木头似的,连畸人都算不上。然后列举木头若干。

美

2010 - 4 - 24

跟妈去杭州苏州旅游。非常喜欢春天的西湖。

妈说,还移民干啥呀,就移到西湖来。

美是令人无法平静的,却又没什么能做的。

怎么做都是笨拙的,隔膜的,难堪的。无法与之发生关系,更不可能
拥有。

最容易想到的是为它效力,保护它不被破坏。这是谦卑,更是自大。
美也许不喜欢这样,真的很有可能。

除非创造美! 那是更激动人心的。我知道自己这样虚弱的高潮狂
承受不了那样的激动。

因此无耻地怀疑要有点冷酷的人才能创造美。

尤其是西湖这种,静止的,有个画框似的,故意美的,知道自己美的,
非要美的,更令人无所适从。

不像河水奔流,青山静穆,不像大海天空,浩然自在。

二两黄金

2010 - 4 - 3

1.

紫荆树下走,往上看,透明的新绿的叶子,有晶莹之感,彼此的影子叠着,深深湖水一样的深绿,再怎么深,也还是透明。

紫荆树枝总是随意奔突,姿态并不好,但是叶子一片是一片,松松软软,散散落落,轻柔飘摇,满不在乎,有了风度。

2.

树令人觉得可爱,应该有许多解释的角度。其中之一也许是,它在时间面前不悲哀。

3.

喜欢香港,觉得千秋万代的。我们这儿总好像,过完今天没明天似的,一天接一天的、末日狂欢。

夜里在小街上走,看橱窗里的东西,手碰到玻璃,要惊醒了似的。

也坐下吃东西,也买东西,跟人问路,还跟人问价,但是总觉得自己不存在,谁也看不见我,玻璃也看不见。

要是回头别的人拍街景刚好照片里有我,给我看到我准会吓到的,

简直是拍到了鬼。

4.

又看了一遍《小团圆》。因为最容易看，一看就看下去了。

她说不喜欢快乐这个词，只用高兴，我就高兴，不只我这样啊！而且我以前一直不好意思说出来，故意表白好像是要冒犯别人。

后来她写她三姑，说，这就是热情么。就想到，也许她所说的热情，有点类似大家爱说的激情，但是激情似乎有性的影子，所以她用热情。

有那种类似要给她写个电子邮件问问自己猜得对不对的冲动。

当然喜欢比比，所有人里只有她身上有阳光。九莉让人觉得辛苦，读着也觉得心疼，但是立即知道心疼不着，她才不要。九莉是个更顽固的存在，不过也只是让人想问上帝你把人捏把成这样你想干嘛。

5.

以前我觉得，在比较道德的制度下，人跟社会的关系，可以直接用钱结算。但是在我们这儿不行，要时刻醒着马克思主义良心，吃穿用住皆是他人劳动，要为社会进步做贡献。

现在发现，即使只是用钱结算，我也几乎负担不起了。

《小团圆》可以改名叫"二两黄金"。我梦想彩票中奖。

也觉得自己服役期满，热情耗尽，再做下去无非是路径依赖，是混。然而真没看到别的路径。

昨天甚至跟自己说，勇敢一点，别害怕生活。！！

当然还是对中国到底在发生什么这件事感兴趣。

6.

YM 说，笨是人品问题。

春秋来信

2010－3－9

1. 地铁上

扶梯上冲下来一个男的，他一进来，车门就关上了。

他跃最后一步时候脸上的笑容，可真是真实啊。

没来得及回笑给他，就绕到我身后去了。不知道他怎么把这笑容收回去，如同把速度停住。一车厢呆滞沉默、坐地铁的人。

2. 晴天大风

真是一扫阴霾啊。

风大得，简直有荒原之感。

3. 老城区

小街里的大树翻出新绿，阳光照着，真是喜悦。

大风里舞动着，翻滚着，生命不容拒绝啊。

遇见穿校服的中学生，非常清楚地感到自己是个异乡人。

4. 诗人

下午在 XD 那儿看文学奖那一叠的时候，看着诗歌那一栏，莫名其

妙想起张枣。

晚上看 LJF 博客，说他死了。

跟姐住上地的时候，——竟然十几年前了——有好一阵子，《春秋来信》就放在卫生间的洗衣机上。

就记得头一首里的一句，"每当想起那些后悔的事，片片梅花就落满了南山。"（可能不准确）

再就记得他喜欢写到燕子。

还有，也是那时候的事，一个机票代购点送的新年礼物，98 或者 99 年的带日历的记事本，每两个月份之间隔一张冷冰川的版画，配一句诗。里面有好几句是张枣的，也只记得一个："我们四处扣问神迹，只找到了偶然的东西。"（也可能不准确）

只有这么多。不知道他有没有写出令自己满意的作品。

追求进步

2010 - 3 - 4

1.

站起来去喝水,踩到了地上的耳机,把勾着耳朵的那个小东西,踩折了。

用打火机把掉下来的那块儿点着了,捅上去,融化的塑料滋出许多泡泡来。小心地固定它的角度,把小火苗儿吹灭了,一会儿凉了,就修好了。

其实很结实,可是心里不踏实,隐约地还是觉得,它是"容易受伤"的了。

2.

广州太潮了,被子晾了一天,还是又湿又沉又凉。

门口的那盆小花儿,也还是快死了。原来又肥又老的绿叶子,变成棕色,垂落下来。剪掉了。剩下芯儿里几枝新叶,嫩得黄软,不太健康。像是家道陡变幸存的孤儿,孱弱,受不起希望。

3.

对自己有很多不满意。

把任性当是真诚。把受弱点支配当是自由。对内无政府，不能执行自己认为正确的决定；对外不负责，用和盘推出的方式假装无辜。

理论指导实践，实践改变生活，生活塑造性格，性格决定命运……车轱辘滚起来没有起点，只有理论指导实践这一桩，最是归自己管的。

五年

2010 - 1 - 21

盼着寒潮来,总好过又潮又闷又灰霾。

长春空气真好。一天下午妈妈出门回来,说,可好了,有点冷,但是冷得甜丝丝的。

今年雪大,从哪个窗口望出去都是白茫茫的。

来广州五年了。变得跟来之前很像,只想尽可能少地,跟人打交道。只是心里比那时踏实,大概自以为也算是体验过社会生活了。更重要的是,经过这翻体验,承认了自己真的不善于社会生活,在那里面觉得不舒坦。也许如果我善于,能折腾出广阔天地,慢慢也会上瘾、有归属感。但是我想就停在这里好了。

"演虽演了,到底不像,我也再不能了!"

像是出门旅行,开头有些新鲜,热情地扮演游客,没几天想家了,越呆越想,终于还是回去了。

杯盘狼藉的时刻

2009 - 12 - 30

乱喝的乱说的都散了,剩我们几个,等 SJD 睡醒。

八条腿八只脚,坐在两个大圆桌中间的空场,另要了大瓶可乐。

我说,这房间不错啊。

HH 老师说,我刚一进来,有辽阔的感觉。

大家笑。显得更辽阔了。

站在落地窗前,往下看见雨后的草木绿盈盈的。刚来广州时的心情,事事陌生的感觉,倏地涌起又落下。

然后就有点觉得是年终了。

今天晴了

2009 - 11 - 21

一个礼拜没写稿。天冷，闷在家。

忙杂事，间歇偷懒，看遍博客链。

若干瞬间，晃过零星记忆。

像鸟在窗前飞过。

短得看不清，有几次竟也心头一凛。

像梦里意识到这是在做梦几乎要醒，又睡过去了。

感冒好了带点咳嗽，去办公室还是 natural high。

证明无论如何还是需要强制性社交。

真想做个大诗人！

2009 - 10 - 24

昨天晚上剪完头发出来,就惊叹,啊,充满了秋天!

风又凉,又有力,又没有方向! 到处都是风,充满了风!

这就是广州的秋天了!

今天是阴天,可是不压抑。

打开窗,街上的噪音跟着一起灌进来。

发现从大姐那儿拿回来的CD中竟然有张巴赫!

自从昨天发现自己可以读出雪莱的好,我就来了信心,没准儿可以听出巴赫的好呢!

还是不懂欣赏,只是觉得——真是盛大!

放好大声,像是要把窗帘鼓起来,鼓到窗外去!

泡了茶。

去阳台上看小树，阳台上有许多小树落下的叶子，故意不扫。

小树中间有些枯枝，我一直幻想它们会复活，没舍得剪。几个月过去了，它们还是枯着，只是占着树心的地方，新枝叶伸不过来。我就决心把它们剪掉了。

蹲在阳台上，又感到，真是秋天啊！

粗一点的枯枝剪不动的，我就用手折断它。大概真的是死了的，我感觉不到它有任何痛，一点不心疼。

枯枝上还挂着些枯叶，小小的。有些又软又薄，夺拉下来——怎么会有这样一种美？丝毫不扰人，不惹人怜惜，甚至觉得特意去欣赏它都是不必要的！然而它真的、很美！

折下来的枯枝拢成一把，插在瓶子里！老年少女的风骨！

用了这么多叹号！因为一直在巴赫中！

我这就要去、炖一锅排骨！

懦弱

2009 - 10 - 19

两害相权取其　　　　　　　　远。

小石头和小小花

2009 - 10 - 8

昨天妈来信,标题叫"小石头"。写得太好了:

因为要栽两盆花,今天汪姨买了两个花盆,我到楼下捡小石头垫花盆底的小窟窿。看到路边那么多的小石头不知捡哪个好,随手捡起一个突然觉得它太好看了,又光滑,又有色彩纹理,黑色的底,黄色的条纹,光溜溜的很好玩,想起小时侯一群小孩子到很远的地方去捡石子玩,那个贫穷的年代连一个好看的石子都没看见过。我想这么好看的石头压在花盆底下会永无天日,多可怜,我决定把它放回路边,让它回到众生之中。挑了几个很丑的石头拿了两块,回来一想还觉得那块小石头好看,想拥有它,我又下楼把那块好看的小石头捡了回来,玩了一会,把它放在茶几上。留着玩。

前两天还有一封,叫"小小花":

窗台上两盆小花天天自由自在地开,共三种颜色。红色,粉色,黄色。它不娇贵,不知名。是农村墙头上,园子边随便长随便开的马什采花。

这不知名的小小花，每天都为妈妈开放。它为妈妈落魄无主的寂寞生活带来了欣喜快乐。每天早晨拉开窗帘时，就自然地让我看到它，整整积聚了一个夜晚的努力准备好了的数个花苞，待太阳光充足时一齐绽放。太阳落了，它休息，然后又进入聚集能量状态。（我没看见）

这小小花无所求，每天只需一点水和充足的阳光就可以了。花儿只有遇到知音，它开得才精神和鲜艳，无人欣赏的花肯定也很寂寞。

看电影

2009 - 10 - 3

风行太方便了,这两天看了好多电影。

看完《谢利》之后又看了一个喜剧,又吃饭去,又去宜家,回来还是为米歇尔·菲佛难过,也为谢利难过。情欲故事总是让人痛感虚无。

今天上午看了《滚滚红尘》,编剧真是低级真是恶俗啊,我对钱没概念这种台词都写得出,还有把桌布当披肩这是在说女作家的内心自由以及性格俏皮么难道……白瞎林青霞长那么好看。

又快进看别的烂片。

没有兴致清醒过来,没有兴致扮演骄傲。

回不来

2009 - 9 - 23

在长春呆了两个礼拜。每天无所事事混大帮,浑然无我。大家都午睡的时候,自己弄个茶,假装看书,或者看窗外的风、光,还有天、云、树、草,呼吸和感受都深不下去,回忆的片段轻飘飘地来不及看清。没一会儿妈就醒了,跟我小声说话,再一会儿宝就醒了,大姐带他出来,一下就热闹了,爸也出来,说我出去溜达溜达,妈说一起吧,各自换衣服,浩浩荡荡出门。

有一天下午独自去桂林路买东西,从长堤走过去,从同志街走下去,正赶上附中的学生放学,满街都是。都穿难看校服。背的书包不是 nike 就是 adidas。我前面的一个高胖男同学,斜挎一个小小的橘红色圆筒形旅行包,如果不卷的话,放不下十六开的笔记本,李宁牌。我不由得替他们感到虚荣的压力,不过回忆起自己那时候,心里也是偷偷地极端势利和敏感。

迷失

2009 - 9 - 7

1.

前些天被挟持看了《美国往事》。我也许能理解一个青春期或刚过青春期的男人喜欢这电影,但我不理解它为啥被评价那么高。

我只觉得有点像古龙。但是又没有古龙那种醉醺醺的滥骚不小心造成的幽默感和喜剧感。拿出拍史诗的架势拍古龙,好奇怪。

2.

睡不着想史玉柱为什么这么令人感到卑鄙,可能是因为他赤裸裸地利用人的弱点。觉得他真是从内心深处瞧不起大众,并且用他的营销术把人最愚蠢最可笑的部分展现出来,证明自己瞧不起他们是对的。

连他搞的游戏好像都是这样的。

想着这些自己也越发卑鄙起来,觉得他的乐趣不在于数钱,而在于成功地愚弄群众。据说他爱读 MZD,看来真是学到了。

3.

睡不着,想到童年,想得近切,不禁觉得后来全是迷失。

过得美

2009 - 9 - 1

今天不仅吃了早餐,而且喝了牛奶。

上午,不仅看了选题,而且顺手推了几条。

中午吃的前晚剩饭做的盒饭,很香。看电视,喝茶。

下午大搞卫生,放好大声的 MTV.

搞完洗了澡,敷了面膜,晾了衣服。

开会,跟同事们吃晚饭。

回来去剪头发,去剪头发路上盘算回长春要穿什么衣服,可以穿外套了!

昨天看书上插图里街景,一个女人穿着风衣围着围巾,脚下片片落叶!风刚停的样子。

剪完头发回来,屋子里晾了衣服还有床单被罩,有股湿润的香味儿。空调把家里抽得太干燥了!

又洗了澡,收了衣服。泡了茶,随便拿起一本书,想,

我过得太美了!简直有点不好意思了!

最胖最胖

2009 - 8 - 17

1.

昨天和 PXS 吃饭,他在 QH 呆了 12 年半,年初回深圳了。

看他是中年人的样子,不敢想自己变化有多大。

问及能想起的同学们。

简直要写诗。

当然只是发了几条短信。

2.

其实我喜欢,感受涨在胸中,不用语言处理,也无法用语言处理,那时候的感觉。好像夜里天上,最胖最胖的那朵大白云,拥在里面。

3.

我这样守着自己,像在隔壁楼的窗口举着望远镜一样看着自己,竟然仍然不知道,自己是怎样变成这样的。

并不是不喜欢自己现在这样。

也不应该不甘心。我其实也不真的知道花朵如何开放四季如何更替小蝌蚪如何变成小青蛙。

4.

醒了发现停电,决定去咖啡馆扮女知识分子。想着那里太冷,穿了长裤。缠电源线的时候觉得不够,又拿了件针织衫。又拿了一本书。像是春游一样。

三点多的时候,人很少了。安静得引起了我的注意。一个女店员正在擦玻璃门,门外阳光真晃啊,芒果树也没用,来往走过的人好像都会发光。

可能,在能读诗想读诗的时候,哪里都是诗,想点什么都是诗。

芒果树这一片叶子给那一片叶子遮的阴凉是诗,我想着八月里停电的大厦最适合被入室行窃这也是诗。

应该是吧。

在不能读不想读诗的时候,知道诗的世界在每一个角落等着,知道能读诗的那个自己在心里等着,这种感觉真安全啊。

读别人写出来的诗,其实是在认识那个写诗的人。

上面这一段证明,我扮女知识分子很入戏,咖啡馆确实有舞台暗示。

冬天

2009 - 8 - 11

南方的夏天，把人化成夏天的一部分。呆在空调房里，也还是找不到自己和世界之间的距离，找不到自己。

很容易想逃跑，很容易思乡。

北方的冬天，站在窗前看雪不用说，就是走在街上，站在湖面上，朔风刮脸，寒冷一望无垠，手脚麻木，全身冻透，也还是看得清清楚楚，孤单单一个自己。让人心安。

冻在冰里的一朵雪花。

会盼望落叶，会盼望下雪，接着盼望大雪。不记得盼望过春天，只有春天来了，会盼望大风天快点过去，盼望花开。

今年发作提前了。我记得去年是九月，有一天跑到书店去，翻找《雪国》。

盛夏的顶点

2009－8－4

　　好像每年到了八月初,都几乎是身体地、想到这个短语。还是零五年,应该也是八月,有一个礼拜四,去集团大楼开大会,拿了一份新出的《南方周末》,在副刊上边边上看到的,黄灿然的诗。

　　想到这件事,就打算去买一本《奇迹集》。就只在广州有卖,好容易优势一次,是该去买。

　　《银实》播完了,简直很失落。

　　我心里最欣赏的人物,竟然是银实的后妈青玉。她什么都明白,从各种角度去想同一件事,想完之后竟然能做到既讲道理,也维护自己。

　　而且她穿的每一套衣服我都很喜欢。我也喜欢她长的那个样子。

　　看完了《和我们的女儿谈话》。春节后回广州,在长春机场买的。飞机上看了些,拿回来就放在厕所了。

　　前头看他说自己的生活被文学梦摧残,十分同感,简直要想方设法通知他还有别人也是这样。

中间看到方言无法面对他老婆那一段，有点不耐烦。

后来那些幻境，倒是好看，视觉上的好看，要说的东西都给显浅了。

我觉得我知道他要说什么。我觉得我佩服他的勇气，同时难过地感到他这勇气里有自我鼓励的勉强自我催眠的虚火。好像看到一根皮筋儿抻啊抻，过了弹性范围，松了手还是停在那里，以为是另一重世界。

还有，说话真漂亮，让人不舍得深究。

最后他写他剃头时候看街上一个小姑娘上下学，真是柔情。

周日

2009－7－5

睡得很累,醒了昏昏沉沉的。没力气面对自己,只能将就着对电脑。

上厕所的时候,觉得脑子里的那些噪音,像是阳光下的尘土,貌似在落,永远落不下来。

西窗

2009 - 6 - 30

这两天晴。下午金光满堂，窗外蓝天，大朵白云。

让人有点恍惚，错觉是别的时光，别的地方。

下半夜的大街，让人觉得自己是个国王。

"阳光照耀人类的灾难"

2009 - 6 - 14

礼拜三礼拜四看了《灿烂人生》(*The Best of Youth*),今天又看了一遍。

刚看完那天晚上,闭上眼睛全是马迪奥。

后来默默念着,他被深入地爱,他得到安慰,他感觉到并相信很多人理解他,他得到安慰,他被深入地爱,他感觉得到,他得到安慰……才睡着了。

今天又看,心里还是余波难平。只好去豆瓣参加小组并踊跃发言。

信息量很大

2009－5－17

妈帮姐请照顾宝的阿姨,先说是个寡妇,来了问,说丈夫十几年前跟别的女人跑了。

阿姨今年四十六,这还是毛岁,按周岁算可能才四十四或四十五。十几年前,也就三十刚出头。

男人扔下俩孩子,一男一女。

阿姨种了两年地,那些年种地不剩钱,就出来打工,开始了保姆生涯。

女儿大了,也出去打工。在沈阳,嫁了附近农村一个进城打工的男人,也不回来,也没个家回。

儿子娶了个媳妇。没两年,媳妇跟一个卖菜的跑了。

儿子和表哥去媳妇娘家找,没找到,还没好言语。哥俩趁酒,打了老丈人,打也没咋地,也没落伤落病。表哥出主意,说把老丈人带走,吓唬吓唬他们,儿子虎,就听了。

媳妇当然没回来。呆两天就把老丈人放了。

放了人就把他告了，又使了钱，按绑架罪判了16年。

头两年男人要回来，跟他跑的那女的，又跟别人跑了。男人托大姑姐打电话来，意思能不能回来。回来还得带来一个八岁的孩子，跟那个女人生的，就没答应他。现在又跟别人过上了。

男人在砖窑打工，砖窑包工的，跟窑上的年轻小姑娘过上了，男人就跟这个包工头的老婆过上了。

阿姨以前帮人带过小孩。当地一个女的，在北京做小姐时候怀上的，就给回老家买了房子买了车。湖南的，都六十多了。孩子小，十六七个月，一到天黑就找妈，哇哇哭，咋哄哄不住，半夜醒还哭，当妈的哪着家啊，在外头包个小白脸，黑天白天不回来。

还是杨树最好看

2009 - 5 - 13

　　去兴林,回来又去了两次市场,说起所见之人无不笑嘻嘻,妈捏一下我手,说,大众是快乐的,不要低估中国人的幸福指数。

　　妈很知道我是怎么回事。

　　我无从反驳。只是这个东西从底下一抽,上面的都掉下来,一地乱,我得慢慢再收拾。

　　给妈看我喜欢的 LY 的文章。妈反复反复感慨,写得好,写得真好,写得好啊。可真有些会写的人儿啊! 可真有些好文章!

　　问我 LY 干啥呢,大致讲了一下。妈很难过,说,这么好的孩子怎么这么苦呢! 太苦了!

　　我一激动又给她讲了若干朋友的命运。

　　妈认真上火,说,叫你说的,我这眼皮都抬不起来了。这世界到底是咋回事呢!

　　过一会儿,妈又说,透过你这窗口,我知道了不少奇怪的人生啊。

笑得我。我说,我才是透过你这窗口,知道了许多奇怪的人生呢!

车上,妈说起一个堂兄弟,喝酒喝死了。我说,真有这样的?! 表哥表嫂大姨同时说,咋没有呢? 有都是。然后每人举出一枚。

一切颜色都是新的。

不能太艳丽,丁香花又白又干,团团盛开,正合适。

自从看了这一篇《不靠谱的滕子京》,便心恨范仲淹。被欺骗,想忘记。春和景明这么合适一个词,都不想用了。

猜

2009 - 4 - 24

1.

JZK 总是有什么地方让人觉得不舒服。仔细想想，是他太、感动先行了。

2.

想思想和观念的时尚化这回事。这里面有种不真诚。但是时尚是最好的传播手段啊。

可是，因为觉得这个想法时髦性感酷而认为自己相信它，和真的被这个想法本身深深打动，这到底是不同的吧。这不同，在经受考验的时候，会表现出来吧。

3.

觉得传说中从前媒体行业里，理想主义和市场激励的统一，这回事，已经不存在或者很不明显了。如果被证实了，这要算是很大一件事。

会有读者（要许多读者）因为你整天报道令人沮丧和绝望的新闻而只买你不买他么？尤其是，会有许多所谓的高端读者这么做么？然后就是,会有广告客户因为你整天被 ZXB 批评而增加广告投放量么?

进一步怀疑,从前真的有过,理想主义被市场激励,这回事么?那时候的理想主义,说的是啥和啥呢?那时候的市场,为的又是啥和啥呢?

现在一个新创刊的报纸或杂志,到底要怎么搞,才能出头呢?

4.

好几个好朋友都表示不喜欢《小团圆》。

我意识到,是我这个人太猜忌了,所以觉得《小团圆》说的是现实。

YM 好心地跟我说,我的猜忌不一样的,不那么压抑阴冷。

自我辩解一下,我觉得自己特别渴望被了解,别人对我好奇,我就当是爱我。所以我就以为别人也渴望被了解,所以我就总是猜人,而且把人猜得像我自己一样喜欢猜——最后成了多心猜忌。

后来屡次被告知,我终于相信并接受了,对许多人来说,如果 TA 知道你在猜 TA,TA 是感到很被冒犯很不舒服的。但是习惯要慢慢改。

我害怕有孩子的原因之一就是,我怕我一辈子都在猜 TA,或者一辈子都在忍着不猜 TA。可是猜发生得多快啊,哪来得及忍。而且也根本无法掩饰。

一直觉得

2009 - 4 - 16

　　张楚十一年前的这首《吃苹果》的最后八句,说的是二十年前那件事。

　　　怎么可以这么完整的忘记
　　　这么快就熟悉透了的记忆
　　　怎么可以这么完整的忘记
　　　大家还以为会发生的奇迹
　　　我以为在年轻的岁月不懂得犯罪
　　　所以所有的歌声可以非常美
　　　我以为在年轻的记忆里全部可以为
　　　所以所有的人转身全都没脚印

惊见 G20 变两会

2009－4－2

中午出租车上,听见播音员说,下面请本台特派伦敦的记者 XXX。然后就听见一个女记者以紧迫的声音说,"……会场两边都是台阶……,记者都坐在长条桌边,是对面坐着的,每人一个笔记本电脑,都在紧张地工作着……还有一个细节,就是在长条桌的中间,摆了一排台灯,给记者照明用,增加亮度,从这个细节可以看出主办方的细心……"

真想杀人啊。

窗外,一个穿一身深兰色类似早年毛料的锃亮布料的制服的男人,看着有五十多了,实际上也许可能只有四十多,骑个用老式二八自行车改装的电动自行车,在裤腿间找得到小发动机。自行车后面稳当当地侧放了一个相当宽敞的无腿小圈椅,圈椅里塌实地坐着一个年龄相仿的女人,穿个红黑条纹精纺羊毛衫。条纹上面细些,下面粗些。女人很壮实,梳着和我乡下舅妈一样的短发,脸色很暗,给人一种长了许多黑斑的印象。女人搂着男人,两只手在他肚子前合拢。屁股的方向和肩膀的方向成九十度,腰扭着,就连脑袋贴男人背上的姿势,也像是摆的。可是他们俩紧紧地结合在一起,看着那么结实,只让人感到他们的心是暖暖的,像两颗鸡蛋黄。

男人有点谢顶的分头被风吹着,树木从他们身边退过。

看了《小团圆》

2009 - 4 - 1

看完《小团圆》。真好看。

非常实在,完全是现实主义。读到中间想起《京华烟云》,想笑,觉得真是个童话。

性描写很自然。乱伦也很自然。想想没什么,那时候的大家庭生活,就像现在的公司生活。办公室婚外恋老少配虽然仍然勉强被道德批评,但是没有什么恐怖。

少女九莉真是让人心疼,不是被关禁闭那一段,是和她妈妈同住那一段。可以因此谅解她后来成为任何什么样的人。她后来并没有荒唐。

她那些爱情的痛苦,倒不怎么惹人疼,女朋友们都有这些。甚至还有点为她高兴,想称赞她做得好。做得比女朋友们好。

过完成长期,生活假装展开,其实乱七八糟又显稀薄。像一场勉强的派对,根本配不上之前那样准备。

龙口东路

2009 - 3 - 16

去交煤气费。

下午三点多一点，不冷不热，静止温吞，白亮但是不干净的晴天。

龙口东路是单行道，宽度刚好够错开车。

路这一边的铺子，都是小业主的经营。很不全球化，很不五百强。但是看着都兴旺。

快餐店里桌子擦得干净，椅子摆得整齐。一个穿着黄色制服的店员坐在中间一张椅子上，就坐着。

复印店里，一个男的半躺在很低很低、疑似掉了转轮、靠背坍塌的电脑椅上，逗着婴儿车里一个小朋友。婴儿车脏兮兮的，小朋友长得不怎么好看，轻轻笑，一点声音也没有。帮我复印的年轻女人，不像是 TA 的妈妈，也跟着笑了，也很轻，也一点声音没有。

药店里，一个女店员趴在柜台上，和对面的另一个女店员说话。

水果店在街角，水果都摆在铺外，铺子里没有人。前面或者对面，一个什么菜馆的山墙大玻璃底下，摆着三张椅子，两张是宽大的竹躺椅，三个男人,两个中年,也不说话,就坐着,以尽可能舒服的古怪姿势坐着。敞着外套,露出腰带和上面的一大串钥匙。

桂林米粉店照例酸味很浓,里面有一个年轻女人在吃,没拿筷子的那只手,紧紧捏着自己的小包。

马路对面两个工人正在房顶上,电焊那个招牌后面的铁架。一个人刺着火花,另一个蹲得远一点,戴个金框太阳镜。镜片漆黑漆黑的,金框的转角处,被太阳照得闪着,比火花还闪。像是一个太过明显的幽默。

凉茶店的两个小姑娘,一个站在外面,我以为是顾客,还等她买完。她们俩在说什么,我也没听清,甩着马尾回身倒茶,脸上还是兴奋着。好像高中女生刚刚小声谈论了另一个风流女同学和某某其实自己心仪的男同学的事情一样。也就是这个年纪。趁着这兴奋,刚站在外面的那一个跟我说,好漂亮的项链坠!好有型!

我也给感染了,说着,谢谢你! 脚上都有了弹性似的。仿佛故意的似的。

阴凉里,大概是坐着塑料小凳,一排三个人,各自的膝盖顶着一块压缩板的牌子,上面整齐地写着,清洗油烟机,等等,许多小字。三个都是笑嘻嘻的,一点不愁。

综合农贸市场也有一个。几个面容粗糙,衣着勉强的五十岁左右的女人正走出来,回头望着等着,说着话。手里拎着三两个小小薄薄的塑料袋,青菜叶子鲜灵灵地冒出来。

快到天河路的时候,有一家 OK 店。我简直有点不高兴看见它。

三月

2009 - 3 - 6

湿冷。

开了电暖气,窗上一层雾。

让人想要阅读文学作品。

另一个女人的史诗

2009 - 2 - 6

年前我妈去老家给姥爷上坟,请堂弟媳妇帮忙在市场买了两只大公鸡。过年时候燉上了,妈赞叹,这小鸡儿才好呢,焦黄焦黄的,你看你小哥给拿的,也是在农村买的,也挺好,但是比这可差远了。接着,妈就感叹这位名叫王国珍的堂弟媳妇,说,那是个有头脑的人啊,就可惜没念过书,再可惜没嫁个好男人。

王国珍那可是个要强人,干啥都得干好,自己多挨累也认可。你看那小鸡儿,拔得一根毛儿都没有,可干净可干净的了。给你姥做那裤子,做得可好可好的了。一手好针线。她家那些苦活儿累活儿,也都是她干。四轮子车曲宝青修不上,都得是她整。她说的,看两眼我就看明白了。吹是有点吹,也确实是有脑袋的人,要是读着书,进了城里,肯定不是这日子。她跟我说,我可恨我爹了,路过我爹坟头,我都别过脸去不看他,不叫他不让我念书,我能命这么苦么。不像曲宝青,一点脑袋没有,一分钱挣不着,原来能得瑟,在农村属于能说会道的,当过两年村长,也没捞着钱,还叫人家给整下去了。没正经,出去搞破鞋,喝酒赌钱,败坏钱。王国珍也管不了，打仗打多少回。打多少回也稀罕（喜欢、爱）人家，一到现在也离不开人家，人家还不稀罕她。这不曲宝青回去了，她也不干了。要不照顾你姥这活多好，现在一天就喂几碗米汤，多清闲，在咱家吃的也能好点儿，再说她多缺钱哪。

王国珍稀罕曲宝青啥呢？

个人男人个人稀罕呗。从一开初就是王国珍看上的曲宝青，相中人家长得漂亮。曲宝青年轻时候长得白净，大眼睛，农村不就喜欢这样的么。还风流，是秧歌队打头吹喇叭的。王国珍跟着看热闹，就看上了，跟着秧歌队跑，连着好几天，跟出去好几个屯子。回家一打听，说是有亲戚，哭的呢。

啥亲戚啊？

姑表亲。曲宝青的姥姥是王国珍的姑奶，她爷爷的亲妹妹。

那不是近亲么？

可不是咋的，她那小刚不是脑袋有点病么，花多少钱治病，要不能那么穷么。要说王国珍命可苦了，俩儿子没姑娘，儿子结婚都跟媳妇好。王国珍那样人儿能跟儿媳妇好么，再说农村，别说农村，婆婆儿媳妇哪有能处好的。再说王国珍还老怀疑曲宝青跟儿媳妇俩不正经，要不差这个王国珍早出来打工了。

不至于吧，曲宝青都这么大岁数了。

要说咋地那不能，不能可也说不好，人要不正经，那可不在岁数，曲宝青指定不是好人，就看儿媳妇啥样了。他不是我六叔儿子，是我六婶和乡干部生的，你没看长得不像我家人么。大伙儿都知道，就不当我六婶面儿说。我六婶儿年轻时候长得漂亮，高个儿，大黑眼睛大黑眼眉，那在农村不就是美人儿么。

曲宝青不正经叫王国珍抓住啦？

好像也没有。王国珍说的，那还是年轻时候，小刚还没多大小强还没出生呢，说有人给报信儿的，农村不都有些乐意传话报信儿啥的，说曲宝青和孙二胖在场院儿打更那小房儿里呢。王国珍就去了，去了那边儿也有人给报信儿啊，孙二胖就先翻墙跑了，剩曲宝青在那儿，叫王国珍打的呢。

曲宝青让她打么？

能让她打么，那她厉害起来可也够人呛啊。王国珍多厉害啊。后来就到孙二胖家闹去，孙二胖就躲出去了，不敢回家，就跑到孙二胖她姐姐家去找去，她姐姐正坐月子呢，孩子才出生五天呢。孙二胖她姐受不了王国珍作，就顶着大风天到她娘家去找去了，结果坐下病了，差点没死了，那月子里受了风还了得？那人家孙二胖家就不让了呗，她家她哥，她爸，还有她光棍大爷，都不让了，拿镰刀就过来找来了。村里人儿就来报信儿来了，说正在大道上往这边赶呢，你赶快跑吧。王国珍说的，我不跑，我就在这炕上等着，你们把我孩子抱走吧，我孩子没事儿就不要紧的。王国珍给我学到这儿前儿，眼泪儿直打泛儿。

后来怎么样了呢？

后来就叫人劝回去了呗，可也没打着，一村子人都来看热闹，能干闲着么。

那曲宝青为啥不稀罕王国珍呢？

嫌她丑呗，一脸大褶子。

那是现在，年轻时候能有大褶子么，我看她年轻时候不能丑。

可也不能太丑,长瓜脸儿,也挺周正的。那就是因为她太稀罕他了呗,人不都这样么。再说人家原来就跟孙二胖好,认识王国珍之前人俩就好。

那他为啥跟王国珍结婚?

那不都是亲戚么,架不住两边亲戚来回说呗。那王国珍不是跟定了他么。

那王国珍知道他跟孙二胖好为啥好要非跟他好不可?

王国珍也寻思这一结婚就拉倒了,就死心塌地跟她过日子了呢,要不能么。结果结婚没两年,就给人孙二胖整怀孕了,做的人流。那时候可是大事儿了,在那村都呆不了了,就送她姑姑家去了,离挺远的屯子,后来算是嫁出去了。那王国珍多没脸儿啊,看不住自己男人。王国珍那要强人,能不作么。越作感情就越不好了呗,我这么寻思。

那孙二胖都走了,曲宝青还跟谁好去?

没走几年就回来了,带着女婿又回来了。爹,哥哥姐姐都在这屯子,能不回来么。回来就又好上了呗,断断拉拉的。

那孙二胖女婿能让么?

那谁知道了。再说了,就是不搞破鞋,也不着家啊。出去赌钱去,好几百好几百往出输,那农村日子能受得了么。王国珍也出去找去啊,听说上边儿上屯子赌去了,也不知道是哪家,挨门挨户问。那人家能给好脸色么。王国珍说的,有一年冬天,那雪才大呢,没膝盖都。就穿老大棉裤,深一脚浅一脚的,走有两个钟头才走到,到了人家家家都不让进屋,一到天黑也没找着,又走回来。回家那连棉裤带线裤都粘腿上了不敢往下揭,就里头出汗外头又凉冻上了呗。还有一回,说是也是上别的屯子,挨家找，找到有一家吧，就应该是在那屋玩儿呢，可是进去了呢，说刚玩儿完，才走，桌子上都在那儿呢，没人儿。王国珍就进里屋去看去了，里屋是那家人家儿媳妇的屋，看堆些大衣啥的一些大棉被，棉被底下蒙头躺着个人儿。王国珍也没敢掀，寻思这人儿媳妇屋躺被窝子里不能是曲宝青，就出门了，人一家人家也没给好脸儿。出门琢磨琢磨，就觉得不对劲儿，就觉得那被窝子里的人指定就是曲宝青，回头就往回跑，推门进屋一看，曲宝青又坐那儿桌子前儿玩儿上了。

那就不给曲宝青钱不就完了么，看他咋赌？他们家是她管钱么？

不给他钱他欠了帐你不得给他还啊，人不找你要么？再说她能不给钱么，曲宝青一要她就得给，不是稀罕人家么。照顾你姥那前儿，我看她自个儿净干吃大米饭，要是曲宝青不回来都不做菜，可仔细了，曲宝青一回来，总得给炒俩菜，倒上酒。天天早上给煮鸡蛋，就煮一个，自己一口都不吃。

一暴十寒

2009－1－20

宅了大半年,突然连着两天参加社交活动,立刻就觉得不行了。睡不够,醒过来觉得心都不乐意跳。

那天晚上围坐了一大圈的人,发言的都在谈自己对中国现实的理解。

让人觉得这些想法真是平凡本来就应该平凡。

让人觉得真是历史长河啊沧海一粟。

昨天傍晚在海珠区法院门口等人。那一条街上的米粉店湘菜馆杂货店和招待所,让人想象一个客居半年的人请一个才来广州的老乡吃饭的情景。

我在彩票店买了一张三分钟之后开奖的两块钱彩票。从店里阴凉出来,开始发红的金光照着。觉得真是太暖和了,让人想把空气拨开。

我等的人出来了。在街对面,一边跟另一个人说话,一边打开车门。那另一个人摆摆手,走了。

个人总结

2009 - 1 - 2

过去一年我的生活发生了很大变化，各方面。除了爸生病，其他的变化都是好的。

我借着冲动停掉了工作，小圈子里的虚荣，经济上的安全，有效平衡情绪的社交空间，还有，写了自己满意、并顺利发出的稿子的快乐，一并停掉了。

我非常渴望真正了解中国现在到底是怎么回事儿。我特别想学习，我不想再一知半解地说大话了。

最高兴的是，我和青春期以前的那个自己取得了联系。我不怎么关心自己是如何变成现在这样一个人的了。自传感衰退了，而我仍有文学梦，这可真是好。流变的和连绵的，试图真诚的努力和不可把握的命运，都让我觉得坦然。

过去一年我有好几次想到，现在可能是我一生中最美好的时候吧。多么惶恐，我会变的。多么欣慰，我会变的。

■ 2008 年

好像吃了一大顿饭
2008 - 12 - 23

昨天看完了《战争与和平》。真像二姐说的，好像吃了一大顿饭。

时时感到，老托尔斯泰太巨人了。

竟然喜欢看他写战争，把我原来认为是不可描述的东西，描述得很从容、清楚、具体、生动。不过还是跳过了大部分讽刺历史学家的章节。因为基本上反复说的都是同一个意思。虽然那几乎是他最重要的结论，但是也太絮叨了。

而且其实根本就不喜欢看人宣讲结论。

实在是喜欢安德烈公爵，喜欢真的骄傲的人。也喜欢皮埃尔之前软弱糊涂的时候，后来觉得自己掌握了生命的真谛之后，就不那么喜欢了，但是也觉得合理，觉得事情总要是这样的。巨人爷爷让安德烈死前也认为自己掌握了生命的真谛，但是随即就让他死了，所以就没机会可疑地运用那些真谛（跟娜塔莎和好不算）。所以我怀疑巨人爷爷也偷偷偏爱安德烈。

朝闻道夕死可矣。我一直觉得这句话其实是这个意思。

也喜欢罗斯托夫家的三兄妹，也喜欢他们爹。而且愿意相信世界上真有这样幸运的人：天生不想太多、简单地对自己真诚、自然而然就活得通畅美好带劲儿。而且更愿意相信，这样的人总会和那些想太多、很努力地排除万难地上下求索地诚实着的焦虑鬼，互相吸引，彼此相爱。

世界一直去

2008-11-12

　　第五个好晴天。每天早上拉开窗帘检查，看不看得到五羊新城那边的二沙岛那边的江那边的保利康桥。看见了就很高兴。头一天还看得清一层一层的窗，昨天就模糊了。

　　如果广州一直是这个能见度，我就可以一辈子不搬家。虽然要走十五分钟才能买到水果。

　　本来楼下有一家水果店。水果都很差，每次站在店中央环顾踌躇。

　　老板娘是东北人，自动帮你抹掉两毛三毛的，让你觉得她并不觉得这里是广东。有时遇见他们吃排骨炖豆角，电磁炉就摆在地中间一把椅子上。问他们在哪买菜，说也要去五羊新城；问他们怎么不进点菜卖卖，说整不明白他们南方这菜。

　　店里搭了一个小阁楼，搭着梯子拉着帘子像大学生宿舍。自家吃的肉，就在卖冷饮的冰柜里（他们还兼卖冷饮）。这又是东北作风。店门口有一个下水井口，见过他们拎着筒出来泼水，不知道去哪里上厕所。

　　养了一只猫，也像野猫，店里店外出没，碍事的时候，老板娘扫一腿，它便老鼠一样迅速消失在货架深处了。老板娘穿塑料拖鞋,有时挽着裤脚。

老板娘的男人,我怀疑并不是老板。他有时出现在阁楼下面,对着个电脑屏幕,打游戏。男人不在的时候,老板娘就坐在那儿,有时翻纸牌,有时用QQ聊天。这边称苹果呢,那边有QQ的叫声。显示器胖大老旧的一个。

夏天有一阵,老板娘的妹妹来了。大声喊,姐啊,西瓜多少钱?妹妹看着还很青春,身材高大,高高地扎一个长长的马尾。老板娘其实也就三十几岁,烫的大花长头发总有些枯,戴眼镜,脸上好像有些斑。既没有幸福,也没有不幸的样子。

妹妹在的时候,经常有个摩托车停在门口。晚上回来,总看得见一张小方桌支在外面,围坐四五个人,有时桌上有盆火锅,有时有几盘菜,有时桌上一个红塑料袋,各自手心里攥着瓜子,啪啪地把瓜子皮儿吐在地上。

这四周都是三十几层高的大厦,大厦和大厦之间,比两棵握手的树还要紧密。小方桌自在星空下。虽然夜里照旧只有灰霾。

前天晚上,快十点的样子,我去买水果,看见卷帘门拉下来。十几个月来,第一次看到卷帘门拉下来。我怀疑老板娘生病了,或者有别的要紧事。

今天一早,刚才,去买水果。卷帘门打开了,里面东西运空了,人也不在。两个陌生的工人正从墙上摘一面没镶框的大方镜子。镜子亮得发贼。我在阴影里站了一会儿,他们还没把镜子摘下来。

我有些不甘心。

范仲淹

2008 - 10 - 26

看国史大纲，终于看到了宋朝。

喜欢士人们那股严肃劲儿。也喜欢他们不喜欢唐人的那种意气，虽然怀疑有点太绷着了。

大概三年前，CCY说，一定要说的话，他的祖国是北宋。

钱穆好像很喜欢范仲淹。刚好他是北宋文人里，我最感亲切的那个。

6岁回到爸妈身边，缠着妈妈。她进厨房，我也进厨房。

妈妈一边做菜，一边教我背《岳阳楼记》。所以到现在还会背。前些天哄小外甥睡觉，还背这个。尤其喜欢春和景明那一段，背起来就觉得心情好。

先天下之忧而忧，后天下之乐而乐。这话太不蓬勃，不够豪气。简直让人伤心。

我没有特别喜欢过宋词,总觉得什么地方让人感到勉强。但是我一直一直魔怔一句,浊酒一杯家万里,燕然未勒归无计。

真有十几年了,从中学到现在。

这不能说明什么。我的另一句魔怔是:因为什么因为谁。这是《中国火 I》里的一句歌词。

二米饭

2008 - 10 - 10

大米只剩小半碗，就加了小米，做二米饭。

炖牛肉，水添多了，从傍晚炖到天黑。

显得特别殷实。

今天没见到一个知道名字的人。

好几年没这样,礼拜天不算的。

一个人呆这件事,像喝酒一样,要第三天第四天,或者第五天第六天,才能进入那个无始无终的世界。

我觉得终于,我脑子里产生过的那些几乎无意识的想法,絮满了整个房间。

跳火车

2008 - 9 - 2

整个中环就像是一栋房子。而且让人很想逃出去。

第四次去的时候,看见在 IFC 的窄窄露台上吃工作午餐的人,明白这些确实都是可以适应的。

在赤柱,坐在临街的橱窗位喝冰茶。裹着浴巾游泳回来的小男孩,推着婴儿车的男人,拿着一束花的女人,从跟前走过去。让你觉得生活可以很美好。

伸脚就能踢到,可是觉得那么远,像在电视里一样远。

两个礼拜唯一的任务挪到了临走那一天的下午,剩下的时间就是观光。

我也知道不观光可惜了。可是密集的新鲜信息让我焦虑而不是放松。

信息必须处理,就像脏衣服必须洗一样。就像嗜吃的人一样。

因为停下来不写稿了，所以诚实起来，明白所谓时代是一坨我处理不了的信息。我处理不了就别让我看见。

而且我完全放弃，通过努力就能看明白它的这种想法。

我想藏起来。我想跳下这动荡繁华的时代列车。

我怀疑自己投入社会生活之初，就是为了否定它，为了安心地离开它。

有一天

2008 - 7 - 31

有一天我上午看黄晓明刘亦菲下午看邓超孙俪。

卖增高鞋和奥运什么大邮票的广告又长又吵。开了静音,突然地静,静得很有压迫感。

可是很不想醒过来。

好像半夜上厕所一定要眯缝着眼睛甚至步履踉跄以假装保持睡意。

这时候听见隔壁或者隔壁的隔壁,手机收到短信的声音。

嘟嘟——嘟嘟——

清楚尖锐,差点把气球扎破。

我跟自己打了个招呼,赶紧起身倒水喝。

葱伴侣

2008 - 6 - 24

大酱品牌,赞助了省电视台的天气预报。

爸爸当然每天都要听天气预报,并且权威准确地转报给其他人。

可能是夏至前后,现在还播报每天的日出时间和日落时间。让人觉得很浪漫。

长春这两天不到4点就日出,快7点半才日落。三点钟天就亮的,八点钟天也还是亮的。

在屋子里摸着半黑不黑,舍不得开灯。窗外的人声听得真切。

黄昏和夜晚之间,拉开了一条大河。

平静,透明,浅紫色。

安娜小姐

2008 - 6 - 19

　　门缝底下塞进来安娜小姐的名片，一看是四字排比社论体：五湖四海、南北知音、清纯少女、妖艳少妇、知性丽人……

　　背面是英文，写得很地道，不是中文翻过来的。难道我们这个破楼真的是"国际公寓"么。

　　我非常有冲动打那个电话找一个来看看。然后转为思考自己为什么不打电话找一个来看看……并且在思考中把冲动安抚了下去。

雨一直下

2008 - 6 - 18

去上海呆了两天，见了中学和大学时候的最好朋友。

没有任何隔膜，完全信任，完全打开，完全理解。把对方的人生看在眼里。

想起张爱玲写的《相见欢》，想她见了会不相信，会吃惊。

然后就很满意。觉得自己活得很深入，很真实。觉得真诚是最划算的投资，觉得这是信念，云开雾散。

觉得很幸福。

看完了《卡拉马佐夫兄弟》。想跟所有人说自己小时候很像很像郭立亚。

可能许多人都同时看到信与不信的两个世界，但是都没有他们兄弟那么大力气。太大力气了，觉得自己最健康的时候也是气息微弱。

广州一直下雨。

昨晚梦见和妈妈大姐二姐一起逛街,醒了想到这事好像从没发生过。然后又幻想了一阵简·奥斯丁写的那种生活,一堆女人坐在一起做针线,外面下着雨。

游园

2008 - 5 - 11

套圈,前后一共套中了六个陶瓷小公仔。开始中了四个,于是拿其中两个多换了十个圈,又中了两个,把其中一个给了旁边围观的小朋友,拿三个回家。

后悔应该都拿去换成圈,套中再换,直至空手。

然后意识到,自己平均每五个圈套中一个以上的公仔,而我拿一个公仔能换五个圈,所以最后我手里的公仔只会越来越多。

逻辑真是让人着迷。简直像巫术一样。

那天想起碎步前进这个词,几乎笑出声来。怎么说得出口啊。

坐地还日行八万里呢。

争做自由人

2008 - 5 - 8

热，风大，有些柳絮扑脸才对。

昨天下午，从中大西门去报社的路上，看到了许多许多迎接火炬的人。公车上的人都站起来往窗外扒望，有两个拿出手机来拍。

在五羊新城过街天桥上，一个七十岁左右的胖老太太，一边快走赶上前面的年轻人，一边往下拽自己的花纱衬衫下襟，赶集似的喜乐表情，实在是太发自内心了。

觉得自己和自己认同的那一群人，就是一坨阑尾。

当然这想法，很像是为让自己轻松些不再愤怒寻找正当性。

争做自由人。同时觉得自己很无情，怀疑丢失了美好品质。

不察

2008 - 5 - 7

怀疑自己正在从酱缸中人变成酱。

坐小凳儿上坐着

2008 - 4 - 24

妈说二姐家小朋友,谁不说是呢:

弯弯个小眼睛,坐小凳儿上坐着,就俩亲人儿,多招人儿可怜。

我挂了电话想,前两句与后两句是什么关系呢?想不出。决定认为我妈是个浑然天成无自觉的艺术家,了却这个疑惑。

二沙岛上的中医院

2008 - 4 - 8

排在我前面的,都是老头儿老太太。望眼看头顶灰白一片。

他们都有一个曾经年轻的名字,变换在诊室门口的绿色小屏幕上。

罗丽珍穿一件好看的碎花纱衬衫又轻又薄又软,一条棕黄色裤子高温定型的裤线非常肯定,一双棕色皮凉鞋里光着脚又白又胖。她堆坐着,双手掐着宝岛眼镜小塑料袋在大腿上。侧仰脸看医生,喃喃讲话。鼻孔已经非常大了,可是神情中有小姑娘气。

她是自己来的,从诊室出来站在门口整理小塑料口袋,动作非常慢,不慌忙,不愁苦。

我希望自己可以幸运地老成这样。

我没病,只是体质差。

连着好些天,尽量歇着尽量睡。仍然憋闷、心不给跳、胸腔疼。

只是体质差。可是我拖着 drama queen 的嫌疑真诚地觉得这是一个重大事实,并且无法控制地急着想要规划人生。因为人生的总量比预期中要小得多，必须的维护支出又比预期中大得多。

出来不肯回家，站在院子门口不知去处。一团一团的热风像胖云彩的拥抱。仿佛整个人生的图景平摊在眼前。

点了一只冰淇淋叫"童年的梦想"。谜底端上来的时候，好像碰到创意人的微笑。

是个小雪人儿。上面一个球球是原味的，下面一个球球是香草味的。一顶大红带把的樱桃做帽子，帽子上还另外落了一层奶油雪。两只黑葡萄干眼睛，一片小西红柿嘴巴，一只棒棒饼干扫把干，一片芹菜（其实我不认识，只是很像芹菜）叶子扫把头。盘子上覆满了奶油雪，扫把底下扫出一小堆。

我童年的梦想是，到 25 岁的时候穿高跟鞋、烫波浪发。

忽然夏天

2008－4－7

趴在床上看书，过堂风吹过脚背，真让人怀乡。

小郑

2008 - 4 - 4

返修帮我刷墙的小郑,前后来过五次。

他 91 年生,说自己 18 岁。河南人,15 岁出来,去威海两年,来广州一年。他小叔叔和堂哥也在广州打工。他有一个姐姐,比他大一岁。

去年出事儿了。现在就我一个。

得那个白血病。

发烧,烧到淋巴了。

花了十几万也没治好。

前几天写李红霞。她爸爸开拖拉机出了车祸,胸椎粉碎性骨折。大哥先天裂唇,二哥后天病毒性脑膜炎,成了智障患者。

更早前写邓哲玉,父亲是个聋哑人。

十年

2008 - 3 - 25

晴一天雨一天的。

昨天中午从大姐家出来,很晴,树叶都晃眼睛。

路上不见人,车也少。一个人把灰色烂西装披在头上,手里提一个漆桶,桶里几个刷子。另一个人比他矮,穿个棕色烂西装,走路一耸一耸的,袖筒底下不见手,只见一张折皱的砂纸。两个人走过来,讲着话,迎着太阳所以皱着眉头。

好像连通了暑假在水字井的某个中午,一刹那有迷失感,不知道要去哪里。

昨天下午两点开始睡觉,一直睡到今天早上七点。中间出去吃晚饭,今早醒了感觉还在胃里。真的睡成了石头。

做了许多梦。醒了觉得像是被彻底洗过的衣服。

最近总是梦见大学时候的人。

GM 一句诗：

何以孤军深入至此。

刘瑜

2008 - 3 - 20

不断地有人跟我说,我好喜欢刘瑜啊。

我觉得有点抱歉,因为感觉到热情,又知道无法有效转达。

而且我多么希望,这些抽象掉的喜欢能够让她不寂寞。

虽然我觉得她并不觉得寂寞有多不好。如果对比现实提供的其他选项。

昨天傍晚,外面很努力地阴着,却只落得几颗小雨,到浑浊的水池里。

比晴时显着更清楚、更像画卷:茶花开得鲜亮繁盛,柳树绿得不顾俗气。

一整天,风暖、鸟声碎。

等人,脑袋又酸又沉,没联网的电脑里什么都没有。看六年多以前和姐通的邮件。标题是,刚在网上看到的。内容是一首诗。

姐回信说:好像不错。诗就是这样,我总怀疑自己真的读懂了。

办公室

2008－3－15

　　楼上和隔壁的隔壁，分别交替使用冲击钻和锤子。东边工地混凝土搅拌机连续的声音夜以继日。广州大道的声音真的听不太到。

　　乐观地认为这吵是暂时的，顶多两年，那楼也就该盖起来了吧。

　　上午的梦都很浅，不时转成半睡想一下，这些噪音都是暂时的、暂时的。

　　做饭吃，看电视。剑花烟雨江南，喜欢古龙，讨厌成龙。

　　早些年的武侠电影跟连环画似的，完全不入境、也许没打算带人入境。

　　如果有人觉得这样反而格外地好，我猜这反而格外也不是故意的。

　　看《世说新语》，短、直接、忽然，非要审美它肯定可以说一堆。但我怀疑人家也不是故意的。

　　傍晚时候来上班，沿途买了一瓶酸梅汤，一小筐草莓还有一块枣泥糕。

电梯里一股油墨味，不明白为什么这味道在周末格外重一些。

开电脑，洗杯子，接热水，泡茶。同时感觉到，在办公桌那么大的小天地里弄吃弄喝，这是多么不抑郁的一件事。

简直觉得自己心如磐石，与世无争。

干物女

2008 - 3 - 9

来广州之前，我基本上只穿拖鞋，基本上都是一个人呆着，看任何电视节目。

有差不多两年半。

那段生活的后果是，我时常觉得进行时的那个状态是临时的。

出门玩儿，早晚回去。

在广州，我买了许多双高跟鞋，许多条裙子。当然，我穿它们。去年元旦开始化妆。一度热心报社八卦。

上个礼拜穿回牛仔裤，运动鞋，有几天没化妆就上班。我有大买舒服衣服一场的冲动。我有坍塌的感觉，收场的感觉，拐点的感觉。

最烦

2008 - 3 - 6

电视里的记者(女记者)说,我(还特别)注意到一个细节……

在春天,就让我看见春天,而不是两会。

在两会,就让我看见两会,而不是花絮。

木棉再一次

2008 - 2 - 28

中山一立交那里有一棵木棉,每年春天我都见到它第一个开,第一个开满树。

昨天中午又路过。不知道它在木棉界是不是被议论纷纷。

从 YM 她们的小院子里出来,路上都是化浓妆穿校服的中学生,唧唧喳喳,显得天更晴了些。

一个女人穿多了,毛毛领子大衣,黄色高筒靴。坐在人行道上看报纸。路肩下头堆满风吹聚的落叶,她坐在里头,双膝并着,脚呈内八字。一点阴影也没有地晒着,小冷风吹着她额头的小乱发。显得天更晴了些。

华华

2008 - 2 - 24

1.

一出机场，就是凛冽的空气。

有烟火气，是透明中的固体颗粒，一点不溶，还是透明。

我们家的冬天就是这样的。

2.

病房里果然有一本《读者》，还是最新一期。

惊讶地发现 LF 和 LY 的文章。向妈指出，表明我的朋友都很主流，请她放心。

妈看完说，读者这水平越来越差了。

又说，这俩死丫头蛋子，跟你一样一样的，专说隔路话。

3.

每天下午都很热闹。

爸妈原来学校的老师，被新老板信任，多教课，多赚钱，提了大花篮来。

"现在就是不缺钱!"

"一色儿打车!"

"皮尔卡丹! 两千多,学生家长送的!"

"整个高三都我安排!"

"别人一小时一百,我一小时两百!"

……

像小孩子考了第一名来见家长。

专门背政治局常委顺序的退休钳工二大爷(我爸的二哥),背手,走来走去,得意地说自己,累。每天去儿子媳妇女儿的小吃店帮忙。

"我不是那店的老爷子么! 那我挣钱给谁呀!"

说儿子买的车,那钱本来是要留着买指标的,生个孙子。说到想象中的孙子,肩膀一挺。

说×××思想,"谁也没有我研究得透,就一个字儿,斗!"

4.

老叔讲了他的医保是怎么报销的。

1280 以上的报 80%,只报药钱,针头针管卫生费等等全自己出,住院不能超过一周,超过得出院重新住,再去掉一个 1280……结果就是,声称报销 80%,可是脑血栓住院花一万多一点,自己要出六千还多,一半以上。

他研究得仔细。

他是个全能的五金工、水暖工、电工等等我不知道的工。他被要求买断工龄又被反聘,还被评为岗位明星,八月要去海南。

他说,开大会,先宣布优秀员工,我寻思我一个反聘的,能有我么,就出去抽烟,没想到……

他体重比我还轻,抽大烟,喝大酒。

他说他们集团几个亿的资产,被香江集团几千万就买去了,是王珉(省委书记)的人。

他说,这也是一种发展,大楼不也盖起来了。

他这么善于理解,简直让人生气。

5.

亲戚们复杂的利益纠葛,微小又认真。鸡毛蒜皮,海量信息。

以前回家,总要温习鲁迅的情感。这次分明地,是杨德昌。

不知道是我变了,还是病房它,天然地就是一个电影场景。家庭生活,具体的人的面孔,让人难以保持是非。亲戚们坐在眼前,没有愤怒也没有亲爱。

十五晚上从医院出来,月亮大而清亮,烟花轰鸣。街上都是散步的人,穿着厚棉袄,胖风帽戴起来,狗熊一样的。彼此搀扶着,指点着,好像一副风俗画。找不出好人和坏人。人的命运,真的让人着迷,铺天盖地压住了感慨。

一下下几乎想要买 DV。但又模糊地觉得,这一锅粥样的东西,不该被阅读,那样仿佛有点不尊重。应该沉进去,搅进去,变得不可分辨,丧失意识,没有话说。

6.

一出机舱,就是潮热的空气。

绿叶子落得满大街,有好闻的草味儿。

木棉花开始开了。

半日闲

2008 - 1 - 23

1.

换了洗衣机、去姐家拿了冰箱、收了最多一批家具，刚好是上班时间。

想过两天再去办有线电视吧，想晚上或者明天再找人打扫卫生吧。就走上了晴朗的过街天桥。

穿着一身灰土，糙着没化妆的脸。

没题，等领导开完领导们的会。

MSN 上有人说话，不相干的，有的没的。发来了一个杨绛讲她小妹妹的文章，看到一半想起来自己以前读过。一边讨论某个过分讨厌的同事到底值不值得讨厌应不应该讨厌、张爱玲之古怪孤寒是个温暖的安慰还是个严厉的警示、小时候的家庭幸福之于性格形成、快乐的定义是一个标准还是一个筐，一边想，日常的跑程序的生活是多么舒适。

2.

索罗斯说这是二战以来最严重的金融危机。读到这个新闻的感想是，现世一点也不安稳，岁月一点也不静好。

3.

等家具车的时候想，自己为什么对建筑设计这件事没有归属感。当然是因为不擅长。不冲突的是，也是因为，我觉得，生活这个东西，它不应该是一个作品。不应该是一个故意做的作品。它应该是偶然性碰撞的作品，命运的作品或者上帝的作品。随波逐流之余，可以去阅读、去描摹。

先前长期害怕意志，后来不害怕了也并没有喜欢。

扼住命运的咽喉，这句话听起来，是多么地，紧张、焦虑以及注定失败。

"我"在观察者身上实现，不在战斗者身上实现；"我"在抒情的满足中实现，不在意志的胜利中实现。

人累了，话就写得直白、俗气以及啰嗦。

4.

舒服的房间是住出来的。

痕迹的世界，小侦探的世界。

买了太多东西，趣味极不稳定。等家具车的时候在脑袋里摆了一遍，发现既不协调，也不冲突，也不是可以感觉到某种刻意的所谓混搭，无法安放进任何一个令人愉快的审美形式。难道是在以更自由的真实去抗拒形式感的预设？不过是时间太短，决定都是冲动，来不及照顾什么整体感。

以上是为自己把房子搞得一塌糊涂找借口。因为熟人都知道我是学建筑的，这太给人压力了。

5.

昨晚睡得好，满脑子的房间尺寸碎片信息，在梦的深海区飞着飞着沉落下去。早上醒了全身酸痛沉软，像一颗腌老了的酸菜。

6.

领导说，昨晚在万家超市看到我了，一个人，守着一大车的东西在打电话。本来是三车，放弃了一车，剩下的堆成一车。能打电话求助已经很好。偷偷希望连电话也没的打，那样孤寒的形象更彻底一些，更 sharp 一些。这样渴望被阅读，一心想着形象要配合高潮狂。这就是为什么我看起来好像是个高潮狂。

多达四层的超市，车子推不动到处堵着。跟火车站似的。要是内需足了得什么样啊。

有一张购物卡。一直没用，心里想留着着搬家时候用。结果卡消了磁，去服务台加磁。服务台一台之隔，里面焦头烂额，外面气急败坏。挤在身后的一个穿翻毛领子的胖男人，每呼吸一次都传来酸菜缸一般的口臭。

7.

麻烦全都太具体了，有灰尘的真实感、这样的错觉。这个形容说明意识已经醒来。在醒来的端口上，两个我、两个世界全都很陌生。可是来不及有所领悟。那件事不给领悟。

白云黑土迎奥运

2008 - 1 - 22

发现自己根本分不清奥运和春晚，这两个词。

浮云

2008 - 1 - 10

读到,(汉弥尔顿)因为是私生子,荣誉感终身尖锐。

FF 短信,起飞了再会啊。

有一辈子即将过完的感觉。

开了几粒安定片

2008 - 1 - 9

搭了搭我的脉，低声，没抬眼，甚至没张嘴，

你是不是很爱思考？

……

工作累？

嗯。

爱思考也没想明白，拿工作当什么真。

……

你这不是病，所以没法治。

……

不用担心，你会变的。

2007 年

不归路

2007 - 12 - 26

1.

看了《色·戒》,主要是觉得王佳芝太惨了,太苦了。

看完很难受。

还有,觉得男女之情是多么不日常的一个东西。

随即又想,我定义的日常,它是一个什么东西。竟然是童年期的生活,爸妈每天做一日三餐,自己听铃上学放学。可能我以为的那个日常,在成年以后是不可能的东西。

简直想说,这动荡的生命。

2.

24 号那天下小雨,傍晚吃了饭回来,物业的人在门厅里扮圣诞老人派礼物。摸了一个紫色的小香包,犯冲的亮黄色绣着"平安"两个字,隶书。

虽然有点头疼,可是非常非常 peaceful。感到透明澄净,感到无始无终。好像受到了祝福。也许只是因为下雨。

下半夜开始发烧，烧得牙齿打颤。很多年都没这么烧过了。

3.

25 号一直睡。做了许多梦，每一两个钟头醒一次，都以为已经睡了一整天。

那个梦的世界，简直比宇宙还大，还黑，比新浪首页还信息密集。

中间起来喝水，觉得很轻很飘很软。拉开窗帘看见天晴得晃眼睛，窗户的水汽亮闪闪地淌成流。什么都想不起来。

觉得什么都停下来了，很干净。

把自己给梦出去了，真是好。

4.

人生真是一条不归路啊。

I can not understand what led me here.

爱江山更爱美人儿

2007-12-20

1.

周六周日周一,都和朋友们在一起。

"不再结交新朋友,要把新朋友都变成老朋友,把老朋友都酿成陈年老酒,供我在岁月的角落里不时独自抿上一口。"(大意如此)

该写一篇女版《我们的牙,我们的爱情》。女朋友们比他们好,全无委琐、竭力诚恳、善于伤心但是骄傲坚强。

2.

PX 最后一篇稿,到底没写到自己满意。

想太久话太多,结果滞涩了。

期待就是诅咒吗?

3.

虽然心脏受不了,还是喜欢听人卡拉 OK。

觉得浪漫是现实的一部分,觉得文艺对每个人都是必需的,觉得自传感是一种本能。粗糙和夸张都显得不要紧。

唱着卡拉 OK 的人,总是投入忘我的样子,让人很想拥抱。

冬天

2007 - 11 - 29

昨天妈说,姥姥最近很不好,一直昏睡,每天只醒两三个钟头,晚饭只吃两个饺子。

我说,屋子不暖和吗,妈说,很热。

但还是可以感觉到冬天。

昨天给自己买了一盒巧克力,放在办公室抽屉里,不时吃一颗。

最近很多时间在读小说,很想读小说。

昨晚想喝一点酒,酒就在柜子里,可是躺在床里不想动,就放弃了。

早上起来看见天晴得漂亮想去菜市场买一把花,想得太真切了,就没去了。

这些大概也都因为,我也感觉到了冬天。虽然广州很晴,降温也不冷。

还是那个想法:人的身体里有一棵植物。

正如有一个动物。

或者动物身体里有一个植物。啰嗦死了。

最好的时光

2007 - 11 - 24

上个礼拜，大娘死了。就是爸爸的嫂子。

记得她一些事，想起来也难受。但是怎么写，都觉得煽情不敬。

今天收到大姐两条短信。一条说，给大爷打电话，没说两句话，那边就哭了。

另一条，人生真是可悲啊。

有时候你会觉得，这一趟旅程实际上就是亲身检验一遍那些大俗话真理。

人生真是可悲啊。

这个结论它没有推论。因为人生真是可悲，所以呢。

以前，我每次被触及既而再次认识这个事实，都会伴随产生一些温柔的情感。要温柔一些，对人，对世界。

现在，今天中午，我觉得，这个结论给我的心里，又增加了一些残忍的力量。似乎可以因此为非作歹。

简单粗暴一点说，以前，我总以为可悲的是别人，潜意识以为自己虽然无法拯救,但总可以扮演天使;现在,大概是觉得所有的可悲都在自己身上,而且没人拯救也没有天使,理直气壮做点坏事报复,或者为了在可悲中生存。多好的借口。

U always have a choice. 蝙蝠侠还是蜘蛛侠?

收到短信以前,我中午醒来,阳光灿烂,什么都没做什么都没说,躺在床上无端地想到,这可能是我这一生中最好的时光。为了这点好,之前在付账,之后还要付账。这个想法让我感到幸福,既而觉得无比可悲。

害怕

2007 - 11 - 13

1.

前天晚上去吃饭,没座。和我们一起问的,是一个头发全白的老太太,70 岁左右,穿件红色针织衫,从小就过得很优裕的样子。

后来有一个小桌,就给了我们。她一个人,只能和别人拼大桌。

听见服务员问她还需要别的么,看见她面前摆了一份做法复杂的豆腐,看见她吃饭的时候只看自己的碗和自己的菜。

你能感觉到她能感觉到别人有点觉得她孤独可怜,同情或者至少是以为奇怪。

那是不舒服的。

2.

吃完回来路上,听走在前面的夫妇二人吵架。中间还走着个八九岁的孩子,偎着他妈妈。那丈夫气急败坏高声说,我说了你又不信,我不说你又逼我——

人生真是毫无原创性。

3.

一直见不得人被高估。

这很可疑,可以是因为嫉妒别人好运气,也可以是因为嫌恶别人处心积虑自我炒作,也可以是因为见不得人得意忘形的丑态。但是我仔细想想觉得自己还真的,是出于某种古怪的正义感。

未来过去时

2007 - 10 - 31

站在楼梯口等人。

走廊里一个灶台，歪扣盖子的厚黑炒勺、花生油、酱油、盐、胡椒罐子，底下垫着报纸，报纸很旧，油渍、水渍，皱着。

炉灶放在旧桌子上，刷过橘红色油漆又掉了漆的木桌子。桌角斜着一根黄瓜。很长，两头悬空。

我看着它，想到以后也许，在随便一个场合，想起这根黄瓜。

便在脑子里列举了许多的随便一个场合：在晚上八点半钟的超市里，在去电影院的路上，在早上醒来不想起的时候，在等电梯的时候，在全家人一起吃饭的时候，与朋友一起喝茶的时候，吵架过后，生病的时候，游泳的时候，写稿的时候，叠衣服的时候，去邮局的路上，迎面看见一个女人抱着一只小狗的时候……

怎样搭配都好。感觉到未来那一个瞬间，透明一小片惆怅的诗意，突然袭击、立刻逝去的真实感。

想到未来可能什么都不会发生。

想到自己在用叙述建设的此时此刻。

知道再去看那黄瓜，怎么都不能自然。

拿了伞出来了，下楼。

听见小学生在上课铃响之前的大片喧哗。

想这喧哗之上总有许多叶子茂密的树枝，绿悠悠地爱护着。

想这声音是在死之前值得回忆的东西之一。

想一个正在走廊的窗口面对着这喧哗的、年轻小学女教师。

想她的一生，想她此刻的叹息、悠远到空洞的目光，想她的爱和遗憾，想她逃不出去的自我叙述的枷锁，想她的孩子的背叛，想她晚年的絮叨，死前眼角的泪滴。

想自己真的是，太文艺了。

回忆自己都想了什么，想自己是一个奴隶。

可以用

2007 - 10 - 24

想要 quit everything。

周期性的抑郁是有功能的，它会用饱满的意识冲洗、生活的每一个层面。

然而这个过程真是很难熬。

大拆之后，不想检修、不想洗、不想重新装上、不想再开始运转。

很久没有这样严重地讨厌自己了。

中午二姐电话说，我的优点正在流失。

我怀念孤傲症里的安全、干净、清醒、封闭、完整、静止。

简直要说乡愁。

那天 QG 老师来讲，"文革"结束以后，一个什么领导说办报，说，有一个储安平，可以用。

好在储安平早已死于无地，要不听了这话会是什么感想，可以用。

补记

2007 - 10 - 10

1.

昨晚写完稿看着还抖擞,到家下车就吐了。

前晚没怎么睡。空调又坏了,决意不再修。开窗睡。楼高夜里风大,把窗帘吹得,哈姆雷特样动荡。睡不着。

再前一天一直头疼,吃止痛片。

再前十几天一直在长春感冒。

2.

在家看完了《儒林外史》。吴敬梓实在是太不动声色了。

名士从来都是混圈子的。名士从来都是做出来的,仔细看去全是笑话。

得出这种结论没啥好处,我宁愿大惊小怪,以示天真。

然后接着看那本翻译得过于好的《西方政治思想史》。读书识字的一大福利,就是看知识分子讽刺知识分子。

3.

有一天早上,我坐床上,电暖气拉到脚边,不断打喷嚏。妈妈在门口,拿了一个桃子,说,吃个桃子吧。我接过来。

我妈又说,我也吃个桃子。就去另拿了一个,洗了,坐到我床边吃。

爸爸抽完饭后那棵烟,从自己屋里走过来,说,你们俩干啥呢。我说,吃桃子。

爸爸说,咱们也吃一个桃子。爸爸走路有一点跛,也去洗了个桃子,进来站在我房间的窗口。

有那么一小会儿,我们三个都没说话,各自吃桃子,非常安静。

4.

有一天晚饭后,从妈没整理的手提箱里翻出了两张光盘。一张是二姐家小朋友的录像。

打开电脑放给爸妈看。爸眼睛不好,关了房间灯,我们三个人围着一个电脑屏幕。变幻的光打在我们的脸上。

小朋友无端抓手蹬脚,发出乌乌牙牙的声音。偶尔有姐姐或者姐夫说话的声音,我问点问题,妈插两句话。大片沉默里,想起小津安二郎。

5.

家庭生活、亲戚关系,实在是太复杂了。情节丰富多彩层出不穷,比金秀贤还厉害十倍。我大概知道自己无法把这绵密的生活处理成可以传递的信息,感受力叙述欲自觉死机。结果在感冒中仍然长胖了 3 斤。

One Night in Beijing

2007 - 10 - 8

FJ 说我看起来，像一部滞销的长篇小说。

以前她说我以前，一副考研未遂的样子。

放任自流

2007 - 9 - 20

风很长,光如金,院门口的大阴影里有潮润的剪草香。

烦扰仿佛在飘落,露出一个果实样新鲜结实的自己来,让人想要做点什么。

世界即流变。承认这个让人颓废。

结果自我也是流变。这让人愤怒。

什么也不写

2007 - 9 - 15

前天早上洗澡,想起那句歌,什么也不说祖国知道我……在淋浴里闭着眼睛笑出了声。

一个礼拜,勉强地写了一篇必须写的娱乐稿,改了几遍,还是很差。

没写社论,没写博客,没写日记,没写邮件。

今天广州有灰霾,闷,出汗。

好些天来,心里一直装着北方的秋光,几乎是故意看不见广州。好在这就回家了。

全在等着这个停顿。

然而爸妈的烦恼我解决不了、帮不上忙。

看 LY 的长篇 blog,中间竟然出去抽了一根烟。

完全无力回顾。眼目太大的网，提起来看着鱼们漏出去。

生活自行繁衍，不具形式、超越叙述、让人不安。

叠字
2007 - 9 - 8

我妈说二姐家小朋友,笑起来小眼睛飞飞着,小脸蛋吹吹着。

放纵

2007 - 8 - 31

比起这个礼拜的前四天，昨晚睡得算好的。

醒来左胸疼得清晰。从后背到前胸，贯通着，一个茶缸子那么粗的空洞，里面熊熊地烧着火。

怎么好这样描述自己的疼痛。

躺着体会这疼，几乎是抚摩这疼。同时更加 drama queen 地纵容自己想，得了心脏病怎样，猝死了又怎样。当然想的都是别人的反映。

觉得太无耻了，就起来了。

还是疼。

曾经试图写过一个叫 anticlimax 的东西，来描写现实生活的反高潮特征，以及自己用来镇压表演的所谓清醒，秋天的清晨那样的清醒。

后来觉得，那些弱势的自我，可以通过表演来获得释放。这几乎是健康的。所以我是允许自己表演的，甚至允许自己丢脸。

通过逐渐深入的表演、持续的自我暗示、无中生有弄假成真获得的高潮体验，也是被认可的，不以为虚假。也容忍了这个过程中的难堪。

不能类比，不能坦然接受发展道路上的黑砖窑。

痛痒

2007 - 8 - 12

昨晚下大雨，舍不得睡。看《故事新编·理水》，觉得和现今很像。

想鲁迅对世事是这样的体会，怎么还有心绪把它写出来。

这么一想，便觉得心里有小耗子的爪子在薄冰上急抓，怕掉下去，又逃不走。

睡了轻又假的一觉，几乎醒着。真是辜负了雨夜。

天一点一点亮起来，街上传来公车进站的广播声，我都不好意思用照旧这两个字。

世界自有意志，我为何死皮赖脸非要与之相关。

今天立秋,又是爸爸告诉我的。我给爸爸打电话,他正在做午饭。爸说,不是立秋了吗。

爸和妈,每年夏天,都会在某几个安静的中午或者吵闹的傍晚,无心地说一句,这天旱的,庄稼全完了。

做过更久农民的姥姥,我竟然没听过她说这个。

是姥爷教我背节气歌的,和小九九、十二属相并列。

打春阳气转,雨水燕河边——我始终认为是这个燕,不是那个沿。

姥爷死的时候,我还没学会理解和感受别人与自己。

现在这东西变成了一个小情调,小装饰,适合写成 MSN 签名、blog 标题。

2004 年好像,发现金光照地就宣布了秋天,在 blog 里抒情,抄里尔克,谁这时候孤独谁就永远孤独。

2005年在广州找不到秋天,在blog里调笑,用里尔克加秋天搜索,可以找到几千个文艺青年的blog。

2006年有一天夏天的烦躁攀顶回落,在blog里撒娇,单方面宣布,秋天开始了,——走在街上要敞开心怀。

使用符号的时候,有种游戏的不真诚感。越是娴熟微妙,越是欺骗。

那天看LF许久前翻译的一段尤瑟纳尔写的老皇帝,老皇帝说,最好的作者最说谎。

大一寒假,我提早画完了塔司干,先回家了。

收到JY的信,圆珠笔写在红横条薄薄的信纸上。她说,她宣称要在太阳落山前画完,WQ便说,你的计时方式好古典啊。

JY信里还说,ZY一开始说,刘天昭就画成这样就走了?等到大家都交了图,ZY说,刘天昭画的还可以了。

那时候家里没有准确的地址,信是寄到妈妈单位收发室,我在回家的路上就看完了。那条路在大楼的阴影里,长春冬天没风的时候,有种静止混沌的寒冷。睡着了的寒冷。

我不记得回信写了什么。

我在那年暑假,好像给她写了,我在外面吃橘红色的葫芦冰的情境。一个钟头都唆不干净的葫芦冰。我记得她的回信里提起了这事。我们喜欢把随便什么东西,情调化。

乐趣在于,随便什么东西。

中午街上

2007 - 7 - 7

五点才睡着,醒了心里很躁。出去买水果,大太阳晒,有风。几片小黄叶子飘下来,装垃圾的竹筐旁边,帆布椅子上安然坐着一个老太太。

好久不见的浮生之感。一涌流不出的眼泪跟在下头,自己扑打两下,也就不见了。

别弄脏了表格

2007 - 7 - 4

中午醒了,看了会儿电视。

还是中学时候,也是在电影频道,看过《凤凰琴》的结尾。

这回还是结尾。不过整个故事都在那儿了。

他们把转正表格拿给病在床上的民办教师明爱芬,她不敢相信表情复杂类似要哭。停一会儿,跟她丈夫说,去打盆水来,我洗洗手,别弄脏了表格。

这场之前,是明爱芬的丈夫(另一名民办教师,李保田)的追忆:

她十几年前刚生下孩子,就去赶转正考试。桥坏了,就淌水过河。没到考场就倒下了,再没起来。

这场之后,是县里干部于主任(民办教师剧雪的舅舅)的追忆:

当初于主任和明爱芬都是这里的民办教师,唯一的转正名额本该给明爱芬的。但是于主任想了别的办法,娶了家里有权势的老婆。

明爱芬就是为了证明自己,才去赶考。

从前的主旋律里的反省、批判,真情、人性,就是这样的吧,这样半真半假。

后来就是升旗仪式。两个年轻的民办教师,一个吹口琴,一个吹笛子,奏国歌。

觉得中国人真是能忍耐啊。

李保田扯着升旗的那根绳,向上仰着脸,眯着眼睛,一点点接受命运的自在神情。

能感觉到那是山里的早晨,露水很重。

后来就又睡,结果上班迟到了。

三角恋

2007 - 6 - 28

装备了人字拖和太阳镜以后,我就进入了角色。一边观光,一边观赏别的观光客。

昨晚逛进这家小咖啡馆,看见了这台电脑,上了一下网,就想家了。

不知道是不是有因果关系,好在这就回去了。

无所事事并没有想象的难,自言自语并没有想象的密集。

学习放松并没有可悲地演变成与强迫症斗争到底,困境不是彻底封闭的。

神经症患者的自我意识都可以疲倦失守,可见控制是必败的的徒劳,×××××没可能不垮。

证据是我并不记得很多事。

在海边,觉得整个人类文明就是焚琴煮鹤。

天与海的恋爱，是很明显的。

那样一想，就觉得大海跟土地是沉默的婚姻。

然后就觉得他们仨的三角恋，很是迷人。

怎么感受和造句，也都是观光客样式的。

与 LY 喝了很久很久的茶，他的书房有四扇窗。

它会跟你在一起

2007－6－19

.

想逃跑想得要发疯,那么巧就又碰到这句诗。知道这是真的,知道逃不掉,心里一阵抓狂。

"你最好学会喜欢你的羞耻因为它会跟你在一起。

不会走掉即使你改换了国家和姓名。"

前天访荷不遇,心里打量这四个字的时候几乎觉得自己有了点风雅。一转身想起至今不敢细读的那条新闻,还没成形就全碎了。

04年底,有一天和姐去书店逛,我什么都没买,她买了本诗集。

晚上在各自家里看电视,矿难。姐打电话,假装开玩笑说,我们的国家有这么多问题,我们不能再读诗了!

那时候那句"奥斯维辛之后不再写诗"还没成为专栏作家的口头禅,我们都没听过那话。我还记得我的回答,我说,搞"文革"吗难道。

那天风很大,要下雪,家里暖气烘烤,我觉得有罪恶感,并且不肯觉得这有什么矫情。

我觉得我快累死了。

当然不全是为工作。最近工作状态很疲软，读新闻还有情绪，写稿子就只是勉强能完成。可能是因为觉得任何情绪其实都不恰当、都让人难为情，或者只是厌倦，只是绝望放弃，甚至更简单只是累了。

我觉得我的心，好像丝瓜瓤子一样了。只适合洗碗。

千疮百孔、玲珑剔透、丝瓜瓤子。我不是没有节制，我没有选择啊。

据说，这就是我啊。

这样往自己身上用词真的很无耻吧。

大姐家小孩出生了。小孩子确实让人感慨万千，让人很难免俗地想要，看看生命本来的面貌，娘胎里带来的是什么。仿佛婴儿带着未经涂改的神的密旨一样——其实这很可能是一个误会。

结婚证
2007 - 6 - 6

1. 三点一刻

看不到题,饿了,去吃刀削面。

面馆里关了灯,关了电扇,各桌的三脚圆凳就近摞成一摞。桌上地上很干净。

我进去,一个穿条纹衫的小伙子走出来,随手开了吊扇。我说,牛肉刀削面。他一边朝里走一边喊,牛肉刀削面。声音很小,里面没人。

我看着他削面,胳膊一挥一挥的。把碗从小窗洞里递出来,人再绕出来,加香菜,加葱末,加牛肉。牛肉碗大概是空了,他端着进到黑黢黢的更里面,打开冰柜夹了些进碗里。

他拿了钱出去一会儿,找了钱给我,又出去了。我对着厨房和更里面的里面,知道背后街上阳光白亮,就觉得冰柜跟前的地上一片清凉。

吊扇吹着头发往脸上飘,没带皮筋儿不能把它扎上,用手绕了脖子拢着,无意间吃得慢了些,能感觉到自己的每一次咀嚼,意识宁静饱满,结果竟是无法自然。

过一会儿，又一个人从那黑凉的里面出来，拎着一把绞得很干的拖把，躬下身来擦地。侧身去看，擦过的印记眨眼就干了。一点点懊恼自己坏了人家打扫卫生的程序，小心擦了桌上两个汤点，就出来了。

出来看见条纹衫塌坐在店门口的折叠椅上，两条长腿伸得老远，掀开了衣服露着精瘦的肚皮和肋骨。这么热的天，竟然晒太阳。

一只个头很大的老鼠在眼皮底下过马路，我一点反应都没有，好像被隔离了一样，看得真切。

2. 紫花儿

五月底六月初时，路边一种大叶子的小树会开一树尖的紫花儿。那浅紫色很难描述，用他们北京人的词儿讲，特 qie。才意识到我不知是哪个 qie 字，一直就着发音以为是"切"，今天想或许是"妾"。

那浅紫颜色覆在绿色上面，有种劣质塑料的轻贱相，本来不好看。但是远远望去花开得热烈茂密，还是觉得有令人想要拥抱的汹涌意志；走在底下看见花瓣轻透，却也有褶皱，一见便知是软的碰不得的，噪音尘土热风里头，还是让人觉得洁净神奇。

以前看过一个南方诗人写的一首诗，大概说到了北方见到一种不知名字的树，写了那树几句，又说，还是先别告诉他那树叫什么罢。这个小小曲折小小趣味，还是有点可爱。

3. 动物感伤

户口、电脑、空调。过去一个月都在兼职做自己的秘书。

无锡蓝藻、厦门 PX、股市震荡，过去十来天被新闻搞得亢奋。尤其是厦门 PX，自己盯得挺紧，总惦记着把其中感想整理出来。像从超市回来拎了好多个口袋，要把东西都放在合适位置才算完。写报社稿再加上意外杂事耽搁,结果就一直惦记着拖着。今早一觉醒来,明显感觉到身体疲惫不支,肾上腺素爆发之后留下一片遗迹,只想休养生息。

在最亢奋的那几天,有好几个时刻特别真切地想要转行,甚至想要逃避社会。跟现实可能性没关系,那愿望可真是真实,那亢奋也很真实。

4. 虐恋

总是有人特别理解国家的难处。本着民主现实主义的伟大胸怀,这当然是好的。但是不是为自己的无为开脱呢? 谁知道?

而且我老觉得,这体谅和接下来难免的纵容里,有虐恋心理的蛛丝马迹。个人情感里的虐恋我没意见,甚至认为深究起来无法避免。但是在专制制度和它的人民之间的虐恋,就让人不敢赞同称其合理,那样实在是太没正义感了。

空调啊

2007－5－31

　　如果有人跟我说，他十天之内打了超过二十通电话，找人修了四次空调，换了三个电容，加了两次雪种——我肯定体会不到自己现在的感受。

　　如果有人跟我说，他已经不相信自己皮肤的感温能力了，因为希望空调是好的，总想把温吞吞的风当成冷气，皮肤寻找冷的感受就像等人的晚上耳朵寻找脚步声——我肯定体会不到自己现在的感受。

　　如果有人跟我说，他已经被空调折磨得快要发疯了，我肯定以为这是夸张，这是修辞，我肯定想不到这是真的，我肯定体会不到自己现在的感受。

　　神经被抻得精细，像沾着静电的塑料丝一样，像神经的尸体一样。

继续

2007 - 5 - 17

都说上帝按了按扭，转身走了再没回来。

有时想这画面，想得很韩剧，觉得他头也不回，很绝情。

这才叫失恋。图书馆里卷帙浩繁的全是情书。

最美

2007 - 5 - 16

1.

《同一首歌》里,羽泉和韩红一起唱一首歌,最美。

2.

晚上开窗吹风,飞进来一只大蟑螂。

非常大,丑陋得恐怖,不敢看。

以前常把放弃尊严的强韧生存比成蟑螂,也不知是厌恶还是悲剧自怜感。

现在知道蟑螂会飞,竟然夸张地隐约地觉得,这事撕破了信念。就像中国以专制制度搞出了繁荣经济一样,败坏了信念。

其实可能伤害的只是追求简洁的形式感。

3.

思考的时候,像是在冒充上帝的 soul mate,没有人比我更懂你。

上帝气了,郑重其事的误解,自以为是的揣度,当然要气。所以他安排我们痛苦。

我们的感情呢，对人类苦难的同情，那种冲动像是在冒充上帝他妈，儿子作了孽，当妈的又愧疚又同情。

上帝当然又气了，所以他还是要安排我们痛苦。

我真是秦制里长大的人啊，满脑子都是暴君逻辑。

我的知识分子朋友 YM 同学博览群书充分沐浴了人类文明，结果就是不一样。她认为，上帝本来就住在我们身上啊，我们就是要通过思考和感情来与上帝沟通啊。

那上帝也太痛苦了吧。上帝就是痛苦。

4.

昨晚风挺大，苏宁电器门口整齐地坐了一排人，看一个大液晶电视。

从他们身边走过的时候，害怕他们仰面摔过去，小凳子摆在向下的台阶的边缘。

晚上又想起那一小缕害怕的时候，发现自己看不清楚那一排人的样子，很想认为是民工，可其实当时根本没看到，当然不记得。

子强

2007 - 5 - 13

昨天来上班快五点了,太阳还毒。进了院门就看见,楼门口站着一个人。就站着,一点不动,好像在看什么,又不是张望,又不是等待。

近了看见,这不是子强么。子强已经迈开了步,迎面走来。

我说,子强去哪啊?

子强说,出去。

我说,出去去哪啊。(我想,吃饭还早啊。)

子强说,去五羊新城逛逛。(我想,五羊新城有啥好逛的。天天在那儿吃晚饭,子强还在那里头住了好几年。)

我说,你刚才站门口干嘛呢?

子强说,吹吹风。

子强通常比这热情得多。子强坐我斜对面,什么话题都说得上,什么信息都掌握得很准确,办公室群众生活参与度非常高。

有一天晚饭回来路上遇见子强抱着一个大纸盒子,子强说是烤肉的炉子。子强在华南碧桂园买了房子,说是阳台上看着山,好得很。子强的 MSN 签名有好长一段时间都保持为,山有色。

过两天,问子强烤肉怎么样,他说,阳台毕竟不是自家花园,要搞个伞才行,要不楼上有意见。而且把天花都熏黑了。

到了办公室,周末的大大的办公室,只有阿登一个人来了。我问他,子强怎么了。阿登说,不知道,今天下午就一直叫嚷着要寻找刺激,想要上楼买可乐被我嘲讽了,告诉他是垃圾食品。

我说,子强去五羊新城干什么呢?

我心里想,在五羊新城逛着的子强到底在想些什么呢。

我写完街谈离开办公室去吃饭的时候,子强还没回来。

失控

2007 - 4 - 29

从没因为激情而忘我,经常在小蟑螂一样的强迫症中失控。

连续一个礼拜这样,一边出丑一边气急败坏。

今早起来狠狠地下决心,要把自己收拾起来。心里就出现了动画片里的情景:一地碎片飞起来,组装成一个人形,活动起来。

两年前,我用这样的词:重整河山。

更早前,我背诵别人的这样的词:执掌生活的权杖。

恭喜自己,越来越老实。

存款

2007 - 4 - 25

我一直知道,我搞自我揭批,是为了有立场批评别人,是提前防御。

不过最近一两年,相当宠爱自己,把批评的能力全用到别人身上去了。

这样时间长了,心就会虚。

好像钱花光了一样,要去赚钱一样。

不知是哪七样

2007 - 4 - 17

特蕾莎修女的句套子：

七情伤内，我们还是要七情。

征婚启事

2007 - 4 - 11

1. 粤剧

晴了。

不是春和景明的那种。一点热,是想要喝可乐的那种。

中午出租车上,小小小声放着戏,咿咿呀呀的。

混在引擎隆隆里,远得像一段颓倦的记忆。

我没抽过大烟,只有很多午睡长。

2. 韩剧

中午看电视,女主角对男主角说,

为什么一张以为是黑豆吃了才知道是羊粪的脸?

3. 征婚启事

2000 年 6 月,我交了图,有几天假,姐去重庆采访,我就跟了去。

大概是在黔江,下雨,县城里有半天闲,路过新华书店。角落里看见一本《征婚启事》。

那电影之前我在电视里的电影频道里看过,还看了两遍。

就买了。

觉得书更好些。作者对每个来应征的人,都有悲悯的谅解之情。这个电影里也有,所以才看两遍。但是电影里女主角过于清楚了,喜剧效果也嫌重了。当时认真觉得写得挺好的,作者的那点点优越感也全没讨厌。虽然有明显的台湾式的小品文倾向。

那本书还借给上地利客隆门口卖花的小姑娘来着。现在不知哪去了。我买花的时候,她正在看《动什么别动感情》。

昨天中午听锵锵三人行,介绍新嘉宾陈玉慧。听着觉得有点耳熟。

今天他们说起征婚启事,想起来就是这个名字。

她说,都是一些社会边缘人。三人大笑。

开

2007 - 4 - 10

雨天。

淫雨霏霏连月不开……想这个开字，也是我这样的人用不出来的。

琢磨这个字很半天，想说出它的好来。竟不能。

多香菱啊。

使劲儿对人好是可疑的

2007 - 4 - 6

要么是贿赂,要么是补偿。

要么是 TA 不爱你,要么是你不爱 TA。

二姐转来的妈妈的邮件

2007 - 3 - 31

小麻雀

昨天中午睡不着觉，突然想起了小麻雀。前些天下了一场大雪，我趴在窗户前看外面纷纷扬扬的大雪。突然一群小麻雀从操场边的树丛中飞出来，落到雪地上，在雪地上跳来跳去，在寻找食物吧。一会突然又飞回树丛中，一会又飞回来，间隔不到一分钟。雪地上没有任何食物又冰它们的小爪所以站不住，树上也是没有吃的，多可怜的小麻雀。它们不像小老鼠在洞里储藏食物。这大雪天，它们上哪找吃的，我自言自语地说。保姆说那你还想给她点儿啥吃，我说是呀。我到楼上拿了些小米跑到操场上，在它们刚才跳来跳去的地方附近找到一块被风把雪吹走露着地面的地方，撒了一些小米。我兴匆匆地跑回来趴在窗台往外看，这些小麻雀仍然跳来跳去，明明是跳到了放小米的地方，就是不吃，怎么回事呢。我想它们一会儿会吃的，可是等了好长时间就是不吃。原来是它们不认识小米，这些金黄色的小米它们没吃过，怕是毒药吧。我干着急使不上劲。没办法，小麻雀就这么饿着，又这么冷，怎么办哪。

一到春天小麻雀就开始过上好日子了。唧唧喳喳又是说又是唱。这几年春天我注意到它们在这小小的校园里生活得很快乐。去年一入冬,王红勋老赵在树林里挂了粘鸟的网,粘小鸟吃肉。我知道后立即让他们撤下来,怕他们唬我,我跑到小树林里看着他们把网摘下来。大自然的生态环境这么差,不知到这些小生灵们能生存到什么时候,能坚持保留下多少种类。

我和这些小麻雀一样这些年跳来跳去,生活得很艰难。好歹我现在跳过了冬天,而且今后只过快乐的春天和夏天,冬天我就住在温暖的广州。

形象思维
2007 - 3 - 29

1.

最牛钉子户这事的具体内容,其实挺复杂挺暧昧的。但是观众朋友们实在是太渴望激情形式了,然后就搞出了激情形式。这内容和形式之间拉开了一个空洞。让人不得不感到虚无。甚至直接能感觉到革命内部的无限怀疑。

2.

前两天鱼刺扎了喉咙。喝醋,嗑米饭、香蕉、龟灵膏。

3.

一颗千疮百孔的心,擦干净了,就是一颗玲珑剔透的心。

讲电话时机灵出来的话,明知是小无聊小游戏,还是很想摆上来秀。

星期天

2007 - 3 - 25

1.

买了一条很好看的孕妇裙,拎着来姐家。

姐穿上很合适,很喜欢。

坐阳台上看一本很好笑的书。小鸟叫。垃圾车开过,乌隆隆响。

去阴凉的厨房里弄了一杯茶。

愉快得都不自然了。

2.

后来邹姐来了。

姐怀孕以后,姐夫的妈妈和我妈妈都走了以后,他们家请了一名钟点工。每天傍晚时候来,打扫一下卫生,做一顿晚饭。

邹姐很高大,发髻梳得很光滑,每天换衣服,很整洁。裤子短一截,一看就勤快。

她眉梢向上,脸上不苦。这个最难得,最重要。

她对自己做饭的技艺相当有把握,很骄傲。这个更难得。

我帮她开了门,回坐到屋里,手边一本书,翻开是这两句:来日绮窗前,寒梅着花未?

她路过门口,手里拿着洗得很干净的两块抹布,见我看她,就半自语说,打扫卫生。

3.

我坐不住,就去江边放风筝。来的路上,看见江边很多人,天上不少风筝。

买了一只黑色没花的小燕子,只有一张小脸是白的,很不错。

一边翅膀沉些,掉进了江里。捞上来,调一调,又放。

它一直在那个正在沉落的金红的太阳附近。上一会儿,下一会儿,左一会儿,右一会儿。

看得我眼睛疼。

后来我就不看它,凭着手上传来的线的力量,调一调。

把两轴线都放出去了,在老高的天上,风大的地方,稳当当地飞。不用理它了。手边栏杆上的灯,不知道被谁拆下去了。把线轴插在里面,就让它在那儿飞。就回来了。

4.

其实没有那么美好。

江边确实很多人。每个石凳上都坐着一个或者两个。很多人在吃甘蔗。我路过的那两个,都把嚼过的甘蔗渣吐在地上。其中一个年轻女人,长得还挺美,穿得还挺漂亮。

而且我仰头走路的时候,踩到了一泡屎。非常黄的一泡屎。一开始我以为是芒果,或者烤地瓜。但是比那些东西都更稀,上面还盖着卫生纸。就是一泡屎。

我用草地上的枯树叶子刮了刮,没刮干净。又到树下露出来的土地上蹭了蹭,还是没蹭干净。

回到家里,用水龙头对着马桶冲得跟新的一样,竖在阳台的墙角晾了。可是意识还在脚上,非常不舒服。

5.

我跟姐说了这些不好。说话的时候,邹姐刚好在旁边。

姐说,邹姐,江边可脏了啊。

邹姐说,我都没去过。

姐说,多近啊,过了马路就是了。

邹姐住猎德村,离姐家离江边都很近。

邹姐说,我一天都没有玩过,就是大年初一,我都在家做衣服。

然后又说,就为我这儿子,操碎了心。

6.

邹姐的儿子要考飞行员。去年给体检的医生送了三万块,还是没通过。今年又要体检了,说让家长去。

邹姐说,这个社会太黑了,我都恨透了。他就直接打电话,让我们准备钱。还说就得找他,找不得别人,找别人就更走不成。我们去给他送钱,他还骂我们。我真想告他。

邹姐又说,他儿子有个大两年的同学,连续搞了三年,去年算去成了。非把你家里的油水榨干,才能算完。

邹姐说,我也回不去,不知道是个什么状况。就忙着搞钱。我来这里之前,做了五个小时卫生,搞了五十块。我早上五点半就起来,去帮人卖菜。

邹姐家在湖南,去体检的是广州军区的人。

姐以前告诉我说,她从来不看电视,晚上回家就做衣服,接的工厂的活儿。她和她丈夫一个月能攒三千块。

邹姐说,我都心疼我老公,头发都白了,就这两年。

7.

姐说,把录音笔借给她,等她送钱的时候录下来。

我在边上就无比庸俗地担心,军区的人,就算录了音,也弄不动吧。地方上的这种事,或许还能叫出个响来。军区的,最后闹得钱也没了,书也念不成了,而且再也念不成了,岂不是更悲惨。要这么苦的人为正义付出代价吗?万一妥协一点,真的就去念成了书——那么后果,谁知道什么是好呢。

我昨天还和DZX说,我现在没观点、没判断,什么都看不清楚、想不清楚。居然还一篇一篇地写稿子。全是瞎掺和,应该停下来。瞎掺和并不会更了解现实,也不会更接近真理。我不知道如何了解现实。

8.

天黑了,窗户上是这房间的灯的影子。

邹姐下班了,我要吃饭去了。

没大没小

2007 - 3 - 22

这两天,我妈,我大姐,我二姐,联合起来嘲笑我的头发。

搞得我们好像四姐妹。

阴天

2007 - 3 - 9

闲到自寻烦恼,很难控制。

下了天桥,刚好走了一辆44。转身看房产中介,玻璃门上贴的那些盘。一个男人讲完手机,转过来跟我说,小姐对哪里有兴趣?

我说只是等车,他还是给了我一张名片。好在车就来了。

贾文国,阴天里穿灰软西装的贾文国,没有系领带。

路过广州歌剧院的工地,六七个红的黄的安全帽,挨着排在二层,裸着水泥的女儿墙上。有的朝下看,有的朝前看。大概是在交谈,有一句没一句的那种。

在春天

2007 - 3 - 3

昨天写完 blog 回家看电视,过一会儿发现自己在交替着看两个节目(插的广告都太长了):friends 和大明王朝 1566。

简直像个隐喻。

海瑞和王用汲争着要审那个可能会带来危险的案子的时候,表现出了几乎是我所期待的、动人的风度。用昨天刚学的词讲就是,骏骨。

先是真的觉得感人,觉得美。然后意识到,自己其实一直在抗拒这东西,好像害怕被腐蚀一样。好像赞美它就在顺便赞美封建社会一样。

脑袋里总有五个字在那儿悬着:致命的自负。这事情很压抑。

这里头是不是有些概念混淆啊,我想。

接着昨天的想,问题不是,我选择更喜欢海瑞还是喜欢 Joye。问题是我只能选择电视节目,不能选择自己,我谁都做不成。

这是多么矛盾啊

2007 - 2 - 13

我盼望热闹,害怕尴尬,这是多么矛盾啊。

尴尬的时候我会自动选择变小丑,当时就很后悔了,可是竟然无法控制。这是多么可悲啊。

既是高潮狂又是控制癖,这是多么矛盾啊。

电

2007 - 1 - 26

1.

睡十个小时,醒两个小时,就又困了。

什么都想不起来。

歇出境界来了。

差点把自己撑死的生活,这会儿就像只是一个选择,可以进去可以
出来。

2.

吹风机爆了,一屋子烧着的塑料味儿。

就想,电到底是什么东西。为什么电子是电子,质子是质子。

知识不够想不动的时候,就只好觉得神秘啊存在的美。好像搪塞
一样。

睡觉最抒情

2007 - 1 - 20

1.

上午梦到下雪了,醒了看见暖气开着,一个小红点儿。窗帘缝里透出外面是阴天,拉开看是下雨了。

怎么觉得有两三个月都没正经下过雨了。一时情无可抒,给久不联系的MM老师发短信。她回说:深圳的老师认为下雨适合睡觉。今天是大寒。最近在看日本垃圾侦探剧,在日本陶艺术语里面"非常寒冷"的意思是把这件东西做坏了。今天不适合从事小手工,不要抒情,适合睡觉。

以前blog好像写过雨天睡觉这事儿应该被那个日本古代女人归进最幸福的事情一类。

其实睡觉最抒情。

《围城》最后一句话,或者倒数的第几句话,说方鸿渐进入了"人生最原始的睡,同时也是死的样本"。

死最抒情,睡觉其次。

2.

《南方周末》两大版的王朔，一字不错地看下来，看得一路开怀。真想把这人叠一叠揣口袋里随时掏出来按个 power 他就说说说，比 mp3ipod 强多了。

只是他偏爱徐静蕾，污了他的聪明。怀疑她是他四十岁学会爱人之后的初恋，要不何至于此呢。

看他前后反复多次表达对年轻这事儿、对年轻人的见解，就怀疑年轻到底还是更硬的指标，老年人总要跟自己宣称得到了很厉害的补偿，非常值得的替代品，以及谁还没年轻过呢。

其实他说的是，"有人没年轻过，没人没老过"。

这句话看了就扎眼，因为觉得自己就没年轻过。

没放肆过。

■ 2006 年

心里难过的时候

2006 - 12 - 21

.

　　心里难过的时候，对出租车司机、对 C-store 的人，都特别温柔。

晒太阳

2006 - 12 - 21

闭眼睛,眼前红红的。猜想那是血,眼皮上的血还是眼球里的血呢。

那个红色,和天的蓝色一样,是深不可测的,透明的,光亮的,人工无法合成的。

中午在过街天桥底下等人,一对打工着装的男女从身边走过去。男的正以方言腔普通话说,刚才看你在天桥上走的样子,真的是弱不禁风。女的缩头笑过去,眼镜底下欢喜羞涩。

前两天,也是晴,也是中午,在饭馆等饭,看见外头停着的车上,清楚地蒙着一层灰。看得人痒痒,春天里穿多了衣裳一般地,痒痒。

小树底下走过去的人,脸上晃过班驳的影子。

一个朝前走的人,穿着一件油漆蓝的衣服,上面红漆刷着几个仿宋体大字:装修工人。想这要是被外国的纪录片导演看见了多高兴。

噩梦再一次

2006 - 11 - 30

本来以为伴随智力一起衰退了。天杀的创伤性记忆。

醒了7点多,在那个难受里出不来。打了两通电话,觉得又冷又饿,就煮饺子。

外面还是一个货真价实的早晨。窗外工地楼包着绿纱布,被风吹得一浪一浪的。也想起了上地。

一会儿雾气染了窗,就看不见了。

跟着想起半句小时候喜欢的王维的诗,怎么怎么都想不起下一半句来。

就使劲儿想使劲儿想,想到快抓狂。给LM打电话,她说一会儿给我查查。

发现老年痴呆症状之后,我就无法放过任何想不起来的事。前两天想一个大学同学的名字,累到睡着,结果早上在半梦半醒之间想起来了,还在半梦半醒之间强迫自己想她的样子。

《澡堂老板家的男人们》里的大嫂,为了防止老年痴呆,模仿她认为聪明的二嫂读诗。有天早上她在厨房擦擦抹抹，嘴里嘀咕：即使白头山与东海水都已枯竭，大韩民族走大韩民族的路——然后她丈夫就出现了，笑她。忘了他是怎么说的了，反正让人怀疑那是他们的国歌。

中午一睁眼，好大一个晴天。手机上有 LM 发来的短信：莺啼山客犹眠。没有标点符号。

不得消停

2006 - 11 - 29

年龄大了就会被迫观察自己的身体,每个细胞都会打报告似的。

一个体会是,从青春期到更年期,身体多了性别的负荷,容易累,容易疼。好像是内分泌总要和意志争夺身体控制权,经常冲突内战。

老年卸载的时候,身体已经坏掉了;年幼崭新的时候,又在忙着装载。

第三条道路

2006 - 11 - 24

有关自我揭批：

ZP 说，你简直是在炫耀自己的道德洁癖。

LY 说，你是扮猪吃虎。

有关小情小调：

ZL 说，你是有点矫情。

我的 blog 基本上只有这两类内容。没法写了。

天气在凉

2006 - 11 - 21

读 XQ 的诗,觉得都是对神的思念。再想又觉得哪个人的诗都是对神的思念。

这样想一下,心里就很红楼梦地说了一句,好没意思。

屋子里有点凉了,烧开水的时候水壶往外吐热气,很让人喜欢。

来上班,YYW 指出了以前写任仲夷时候的两点小失误。就很羞愧。不是找借口,但是真的想下去会变没胆:做两个小时功课就要写稿,不出茬子是不可能的。还是很羞愧,来不及改了。

Impossible is Nothing

2006 - 11 - 16

写暨大百年。

晚上，LWK 在我写稿前说，要写出这个意思来，光荣属于历史。

半夜里，WCF 看了稿说，不能让人看了之后感觉，今不如昔。

有话不能好好说

2006 - 11 - 15

四年多以前,我开始写课业论文以外的东西。有时候就会出现这种调调:这轻的薄的香的透明的初春的冷。这浓的软的醉的弥漫的黄昏的晴。春天们何其相似。黄昏们何其相似。

这件事证明,我曾经是个形容词爱好者。虽然手艺很俗,但是也算沉迷过奇巧淫技。

不那么丢脸的是,我早就已经不好这个了。

很丢脸的是,我现在的工作经常要用到这个。有话说不出的时候,我就发现自己开始玩儿杂耍。

站台

2006 - 11 - 13

在姐家,吃妈做的饭。

妈在厨房忙,叫我去买酱油。买来报告了价钱,蹲在垃圾筒旁边剥蒜。

从肉菜市场出来,路过卖天津包子的摊。好几高摞深颜色湿漉漉大蒸笼旁边,坐着一个年轻人,双手扶膝盖,很端正,头朝一边别过去。

那一边也没什么。卖油米干货调料的店里,一个五六岁样子的小男孩,使劲儿挺着小肚子,抱一个巨大的米袋,朝他爸爸的方向挪进。他爸爸在给客人找钱。因为不能环抱,所以两只小手扣得很紧。

陈列大米的长凳子底下,蜷着一直黄色大花猫,一动也不动。

太阳已经落下,天还亮着,工地上方有雾气停滞。音乐声非常大,整条街都是。"我的心在等待,在等待,永远在等待……"

记者节

2006 - 11 - 8

见报的社论被自己亲手改到面目全非。这就是我收到的节日礼物。

原来是这样
2006 - 10 - 31

今天很晴,还有风。正好可以把头发以及裙子吹得像 MTV 里的人一样的那么大的风(你看我并不是不会造这样的句子、有这样的联想)。

顶着新剪的头发,穿了双新高跟鞋。

中午约去美术馆看了意大利现代艺术展,还有齐白石的花花和虫虫。恰当的组合。

来了收到友人寄来的诗集一本(其实是我死乞白赖问人要的),出门的同事寄来的明信片一张,在家的同事帮刻的影碟一张。

不用写稿!

然后

刘天昭 说:

我应该把这些写进 blog,这样看起来比较像能红起来的女作家。

YY 说:

……对……

YY 说：

像二奶。哈哈。

惶然录

2006 - 10 - 28

和姐他们一起吃饭,出来在街上走了会儿。有风很凉快,广州的好日子开始了。

在许留山前面的广场上,有两排临时的像报刊栏一样的东西,不少人在看。

叫"长征传奇",画成寒羽良的样子。但愿不要有小朋友因此长成崔永元什么的。

坐在台阶上吃芒果冰走神儿。恍过来的时候发现自己在想,村子里的一个女青年,不追随县城风尚,被周围人认为土气,自己心里高傲着以为大城市里才有知己。有一天真的遭遇了大城市,会怎么样呢。

有了意识就跑不起来了,只想到王安忆就没了。

不可能忘记北方

2006-10-15 晴

天刚黑透的时候，下了挺大一阵雨。姐说不是秋雨，一点不凉。不过路灯下蒲公英样的金针银针，是同样的好看。

看电视，一个吃遍全球的节目。主持人很恰当地 shameless。看得出她吃东西的地方有傍晚的凉风。

中间介绍瑞典的一个什么地方，夕阳照耀下的湖水，金色的细碎的晃眼睛的波光。

镜头在这里停了一下，就过去了。

一句诗

2006 - 10 - 12

还是米沃什。看他说一个别的波兰诗人的一句诗。真是让人难受。

"在春天，就让我看见春天。而不是波兰。"

放假可真好

2006 - 10 - 10

1.

看完了全是机智话的 high fidelity。

记得这样半句，it's often the way those people who take work seriously laugh at supid jokes.

2.

我有两条床单儿，一条深绿，一条浅绿。正要换床单的日子，ZT 来住，拿干净的那条铺了沙发。和姐说，姐就给了我一条浅蓝的。

我也有两个被罩，白色大粉花大绿叶子的那一个，通常和浅绿床单一起值班。这一次变成了浅蓝的。

浅兰色和浅绿色，是多么不同啊。

能感觉到浅兰色和浅绿色的不同，是多么好啊。

然后我就意识到了自己的这两个油然而生的感慨。难道是因为最近又看了很多韩剧吗？

3.

看了一张碟，叫《罗塞塔》。

头一回,看完以后又看了花絮和导演访谈。

导演大致说了这么一堆话:It's about a girl at battle. The fortress is the society,but she walls herself in. She sees nobody. She sees nobody because she feels nobody sees her. She sees nobody because of the battle. But she sees him at last second where the picture stops,it is all about that moment.

这些话翻成中文就显得有点傻。没看那电影看了这话,可能也会觉得有点傻。看完这电影再听这些话,就觉得挺好。可是觉得好了之后,还是觉得它没有电影本身好。而且,听了这话之后再想那电影,到底还是没有单单看完那电影时候,觉得好了。

聪明话一下下,就消费掉了,没有弹性没有余韵。

以后还是不看导演访谈了。

毒

2006-9-22

春天时候，也就是五六个月前，有一回晚饭回来路上，莫名其妙买了一瓶指甲油。

拿回来放在办公室抽屉里了。

今天下午找不到选题无聊，就涂了左手大拇指。又黑又亮。

然后这个手指头就一直不自然。越是想要自然越是不自然，像失眠一样。

到了晚上，它就开始疼了。

现在就很疼了。

让我油然而生地、有神论地、原罪感地，觉得意识是有毒的。

单方面宣布，秋天开始了

2006 - 9 - 12

今天以后，热天气都叫秋老虎。

风都是秋风，雨都是秋雨。走在街上要敞开心怀。

打了好多好多好多喷嚏啊。

居然想要描写景色

2006 - 9 - 3

1. 熙熙攘攘

礼拜五那天不写稿，六点多钟下班，去姐家。报社门口来来往往好多人，互相打着招呼。

知道打不到车，就走路。路上都是下班的人，淡橘红色的热空气，一团一团往身上扑。

好像第一次来到人间一样。

公车站坐着一对盲人夫妇。丈夫弹着一个样子古怪的琴，大声唱歌，又憨又空的那种声音，好像唱戏文一样的。妻子就坐他旁边，把一只小话筒，举到他嘴边。

走几步就听不到歌声了。回头又看，他们俩真好像雕塑一样。

天桥上买桃子，遇见同事 XH 和他的妻子，也在买桃子。她穿着绿色连衣裙，披着长卷发。多么像一个妻子啊。

天桥上看见四方都是道路，道路之上都晚霞。红的云彩缠着绿的云彩,又有点淡灰淡紫淡蓝轻轻笼着。晚霞上面还有一个小小的还不发光的小白月亮,好像一个小斑点一样。

下了天桥还是没有车,在珠江新城那些高楼下面的小路里走。觉得自己的尺度真是小啊,小得那么安全。

走到临江大道,还是没有车。一边走一边看那些玻璃幕墙的大厦。那些玻璃一点都不难看。它们不反光,也不炫耀,它们深沉冷绿,像玉石一样,像海水一样!它们站在一起,身影互相投映,那颜色更加黑暗更加深邃更加透明!

晚霞更鲜艳了。天上还有大片白云的痕迹。都正暗下去。

月亮开始淡淡发黄,淡淡发光。

2. 薛宝钗

晚上总是看《红楼梦》。昨天看见宝玉,拿着那个玻璃绣球灯在那儿想黛玉。薛宝钗拿着个披风来给他披上,看见那灯,又看宝玉,就坐下提笔写了两首诗,怀念黛玉的。

就非常非常心疼宝钗。当然也疼宝玉,也疼黛玉。我喜欢的人太多了。平儿,晴雯,紫鹃,还有袭人我都很喜欢,觉得她多不容易啊。

我问 YY,为什么《红楼梦》这么好看啊。她说,纯情啊。

3. Merry Christmas

一个人顶着个鲜艳的小图片从 MSN 上线了。为了看清图片我就点了一下。对话框里出现了上次聊天的两行记录。他说,Merry Christmas! 我说,你也是。

东兴北路

2006 - 8 - 31

吃月饼和苹果。姐姐家的东南靓向,早上真是亮。简直像秋天,像秋老虎。

昨晚稿子写完得早,结果半夜爆新闻,又改到很晚。

写稿时候抽烟,趴窗看东兴北路。看一个人在路上走,影子踩在脚底下。在路灯之间,影子长短虚实前后地变换。就想起中学时候晚上骑自行车回家,就看着自己的影子这么变,感觉好像在画圆圈圈。

接着路上就出现了一个骑自行车的人,并且不时低头往下看,好像车子发出了故障的声音一样。

再晚些时候,另一根烟的时候,看见一对年轻男女,手拉手在路上走。由女青年发动,他们把胳膊甩得很高,表示悠闲和幸福。

好像王小波在《绿毛水怪》里说,在路灯底下走,好像,从一个月亮走向另一个月亮。

前天晚上回姐家,我没零钱,司机师傅也没有。就转到小路上去 OK 店买面包。我买好的时候,司机师傅也进来了。他说自己也要换钱,买了一包白沙烟。店员没有零钱了,我就先回车上等。

可能是一点多钟吧,很静。关上车门的时候,恍惚想起非常小的小时候、一些完全空白的时刻。安静,而且也不盼望发生点什么。

chop-free pig

2006－8－30

转贴喉舌人 FF 代笔的艺术家 FZZ 的 blog：

昨天夜半独自腌肉准备今天的烧烤，我就盼望有人在这世界上培育出一种免剁猪。这种猪会完全以猪的样子走到你面前，把胸前拉链一拉，一块块两寸长的排骨就啪嗒啪嗒整齐地掉了出来；它再把左腿拉链一拉，是肉馅，右腿拉链一拉，是肉丝……最后，这只 chop-free pig 会整张脸匍匐下来，变成一张扒猪脸。

如果有了这样的免剁猪，屠夫和腌肉人就都可以失业，可以当上艺术家了！

千年修得同船渡

2006 - 8 - 23

　　礼拜六那天,在走廊尽头洗杯子,一个穿浅蓝色工作服的保洁员姐姐(阿姨?)在那里洗饭盒。我过去她就让开了,我就很不自在,就冲她笑,她就也笑了。不过笑得比较小,低着头。

　　然后我就意识到,我比较认识的那个湖南来的保洁员,我已经很久没见过她了。她可能去了别的楼层,也可能去了别的单位,也可能回老家了。这变化里最好没有任何不好的事发生。虽然我已经有能力以很大的恶意去揣度生活了。

　　她四十多岁,前头留一点刘海,后面用一个黑蝴蝶结下面带网套的发夹扎成一个、介于小辫子与发髻之间的小球球。有些空姐也那么梳的。

　　她身材中等,一点粗壮,没了腰身但不算胖。

　　我见她时她总是笑嘻嘻的,露出很白的一大排牙。笑得有点夸张,眼睛挤着,让人觉得她为自己感到难为情。

　　刚来没多久的时候,有一天去集团体检,早上八点就来了,九点就检完了。之后就在报社睡觉。觉得很冷，就找了很多报纸来盖。报纸也盖不住，后来就起来了。起来的时候正好她在那儿收垃圾筒的黑塑料袋，她挺自然地就说，起来啦。后来我知道，她之前已经注意到，我没有自己的电脑，经常换座位，所以认为我是个临时工。我也没怎么澄清，我们就聊天。知道她是湖南人，有一个女儿一个儿子，都在老家，奶奶带着。

后来就常遇见，每次遇见都是那么笑。

春节回来，她见我们都领了利是，就问我在哪领的，她能不能去领，我就有点为难。

有一回我一个人在深度那屋，她说她想给她丈夫打个电话，问我行不行。她丈夫也在广州打工的，而且她只说了两三分钟。

打完电话她使劲儿谢我，又问我叫什么名字，哪篇文章是我写的。我家楼下保安也喜欢问我同样问题。

好些回在走廊尽头热水壶那里遇见她，她常常蹲在那里看报纸。

有一回她说她女儿十九岁了，儿子十四岁了，儿子写作文在班里得了奖。

有一回我问她十一回去了吗，她说没有，我说很久没见孩子了吧，她说暑假的时候他们来了。我说你打算做几年呢，她说还不知道。我说在报社也还好吧，至少不会拖欠你们工资，这儿的人也算比较和气吧。她就说也不是啊，也有凶的，看不起我们呗。有一回一个年轻的小姐，说我乱动她桌上东西，说得可难听了。

有一回我在电梯里看见另外一个保洁女工从口袋里掏出一个巨大的黑色的 BP 机。

有一回我在天台玩儿看见她和另外一个年纪相仿的女工握着拖把

靠着乒乓球台在十楼会议室的阴凉里聊天,外面亮堂堂的阳光高天,好几个女工蹲在排水道旁边洗红彤彤的塑料地毯,水管子里的水淌得很欢快,那是去年一个很晴朗的秋天的下午。

辛苦

2006 - 8 - 12

这几天实在太累了。

今天写完高莺莺的稿子,刚好 J 叔叔上线。我给他看问有无不妥。他让我打电话过去。

一个陌生地方的总机录音,很多杂音,说欢迎致电商务宾馆。就觉得 J 叔叔真是辛苦,跑来跑去的记者真是辛苦。

吃了一大顿饭

2006 - 8 - 9

1.

昨晚睡不着,给二姐打电话,她给我讲蛋白质的序列与空间形态。

我就很局外人地觉得,科学让人着迷。美国电影里常常渲染的那种迷人。

躺下以前看《grey's anatomy》,一个女实习医生参加一个复杂的手术,出来以后她觉得特别特别 high,她说不明白为什么有人吸毒。

把人搞得太强大了。

不过要不,用尽幻想都设计不出个好人生。YY 的 MSN 今天写着,未来还是画不圆。

二姐还说,她中学时候看托尔斯泰,那感觉就好像,吃了一大顿饭。

结果后来睡着以后,梦见自己被人开刀,切除阑尾。缝针缝到一半的时候,那人就停下了。所有人都走了,没人管我了。

2.

晚饭时候,JL讲了好多故事。

她妈妈从前的领导,是个汕头人,生了个女儿,却非要个儿子不可。那是很多年前,又是在广州管得严。两年以后,生了个儿子。然后用尽各种办法,把两个孩子假扮成双胞胎。

可是只要看见这一对姐弟,就没人相信他们是双胞胎。

于是姐姐就变成了隐形人,躲在家里总也不出现。JL讲这故事开头第一句便是,我妈原来领导的女儿好可怜哦。

好在现在把他们俩都送到加拿大去了。

她认识的一个人讲的那个人认识的另外一个女的,嫁了个有钱的丈夫。这个人在家专职做主妇,很没安全感。于是每天把他丈夫的内衣袜子之类的东西,收起来到处乱藏。他丈夫就找不到,她就帮他找。丈夫就说,我没有你真是没法生活啊。

还有相似的,一个女的总是把家里搞得乱七八糟,等丈夫回来收拾。丈夫收拾完了,就觉得自己很重要就很高兴。

就是身边两三下就能联系到的人。

3.

晚上,LM说她和她妹在路上遇见一个暴露狂。头发都白了,她见过的年龄最大的暴露狂。好像她见过很多似的。她用伞打他,他也没啥反应,就说,小姐,你好。LM说,过去之后就觉得他也怪可怜的,大热天跑到街上来,露一露。

然后又说,只是想不出什么办法能让他觉得自己这样很无聊。

台风也很好

2006 - 8 - 4

开了一打窗口,讲土地风暴。看不下去,起身烟去。WL 说,昨晚在广州大道上,看见我在路边等车。

等了约莫有 40 分钟。上车的时候几乎认为自己发烧了。风雨故人不那么好做的。

在 YM 家吃西红柿炒鸡蛋,两条不认识的鱼。

两大半碗米饭,一双绿色筷子,一双褐色筷子。餐桌上面的灯,过分地白过分地亮。

刚看 YY 写"等了一阵儿开始下雪,越下越大"。

就觉得很静。不像台风,很响。

不过台风也很好。

开着窗帘,剩个台灯,看外头大风吹大雨。

再一会儿就看到自己的目光。

再一会儿就看到鸟在树里巢上,也在看雨。叶子上挂雨滴,映星光/月光/灯光。黑凉凉湿漉漉里的晶莹。

跳

2006 - 8 - 1

没出家门没见人超过四十小时。

下午熬到了点儿,不得不洗澡换衣服的时候,望了一眼窗外。白花花的。

在游泳池边上想要跳下去还没有跳下去的,那种感觉。

又有一点,煮好了方便面又不想吃的,那种感觉。

竹野内丰

2006 - 7 - 29

昨天 LM 说,我一直打喷嚏,可能是空调的过滤网需要清洗了。

今天上午就拿下来洗。怎么那么多灰,足有两斤。

大概向翠仪和李春艳和刘启名,都没洗过。

不过喷嚏依旧。

看《轮舞曲》,画面和气氛,总是黑灰的。

竹野内丰的右脸右眼右半个鼻子右半个嘴,都比左边的对应要小一些。接在一块儿,轴线是拧的。

眼袋巨大,头发粘腻,刻意留着小胡子。

然而他成功地扮出了一副深藏隐痛的表情。深藏隐痛。

前头有一集,竹野内丰劝一个帮助黑社会印假币的善良人自首。后者出来,在街上走。我知道他肯定马上就会被藏在什么地方的坏人开枪打死。但是导演还是让他在街上和那个警察叔叔说了两句话。然后让他在街上走。天上往下看的镜头,他在街上走,随时会枪响。

我觉得很受不了,就关了电视。

电视反应有点慢,关了马上再开,那个叫小林的人,就已经躺在地上了。

今天看崔智友跟竹野内丰说,她给他带来的都是痛苦,所以请他忘了她吧。眼角当然全是泪。

水开了去泡茶,就没听见男主角说什么。只是不得不感到恶俗虚假。跟着就坏了胃口,连隐痛感也一并不喜欢了。

听力

2006 - 7 - 27

夏天雨夜睡觉,应该被那个日本古代女人归到最幸福的事,那一类里去。

昨晚睡了 12 小时多。心情好得可疑。

日子顺溜得可疑。

在好日子里,在好心情里,稍微看了看自己。就看到了全不归自己控制/不被自己理解/未曾向自己打报告的,那些变化。变化很清楚,说不准确,也没法评价。

就像每次突然发现脚指甲长长了,很费劲儿地想起上一次剪它们是什么时候。

我觉得要先把这变化想法了说清楚,然后要把这信息跟随便谁update 一下。要不然就会觉得这世上没一个人认识我。那感觉,就是传说中的,孤独吗。

我不知道自己现在什么样,在哪里,要去哪里。连"我知道我什么样在哪里要去哪里"的幻觉都没有。

事情远没写出来那么严重。或者在全不归自己控制/不被自己理解/不向自己打报告的那个体系里，远比写出来的严重。

　　中午出门前听还是那个牙齿长得很好看的 James Blunt 在电视里唱，got to ask yourself the question，where are you now?

　　我非常汉语语序语法地以为是，god，ask yourself the question，where are you now?

下雨凉快，连着 4 天啥都不用写，心情真是好。

昨晚雨下得暴的时候，想去江边看一眼。走出去大概十步，伞骨就折弯了。只能回来，大雨篷底下站着。过渡一下。

总不能转身就回家吧。

站那儿看那两棵贴边儿长的小树，倒是挥舞得自在。人家本来就和这雨，是一个世界。

回家到窗台上张了一眼，楼缝之间那段江。江面有点灰白有点亮，江上看不到雨点，就是一大片白雾，也有点亮。觉得江，还有树，都比我了解神秘。

就是我站到雨里了可能也不行。

拉了窗帘换了台灯看人人都说好看的 high fidelity。里面的多数观点，都是男青年们曾经告诉过我的。开头絮叨的意思大致就是，如果女人们了解了男少年/青年在青春期都忍受了些什么，就会原谅他们变成男青年/中年/老年之后的种种不好。

据我观察，25岁左右，男女市场就开始逆转。然后就再也转不回来了。所以男人可以安全地没有后顾之忧地滥用这优势。

不成功的前半段的伤疤/阴影/对自己及爱情及世界的低要求低预期，这事情就不要再说了。因为这后果，女人们反正要承受。理不理解，还不都得承受。

而且女人们承受出来的那个伤疤/阴影/对自己及爱情及世界的失望，也还是要女人们来承受。

真是一个强权世界啊。

探亲

2006 - 7 - 12

1. 老年人

我尽量地追随家里老年人们的作息,可是六点四十起床的时候爸妈都已然上班去了。

大姐说,看来搞事业还得等到六十岁以后啊。

2. 傍晚

每天傍晚爸爸去找象棋扑克等等,我和妈妈溜达。

觉得天是一个大斜坡,很缓很低很近。

3. 妈妈

有一天我问妈妈,妈你现在生活最大的乐趣是什么——你早上起来想到什么就很乐意起床?

我妈说,早上四点来钟,出去溜达溜达,空气特别好,听听小鸟叫。看看世界呗,就好呗。

过了几天我问妈妈,妈妈你说要是可以选择,像这辈子这么活,或者根本就没出生过,哪样好?

我妈彼时躺在床上歪头看我摆扑克，叹口气说，那还是不活着好呗。

昨天我妈问起，我就大致地讲了讲，自己糟糕的大学生活。今天早上吃饭，我妈说，妈越来越了解你了。我就发贱说，越来越喜欢我了吧。我妈根本不接这个茬，站起来去刷牙。吐掉一口牙膏沫子说，妈妈觉得你是个忧伤的孩子。

4. 爸爸

有一天晚上，爸爸回来说，我得洗裤子。就见他的灰白色的裤子上，沾了两块黑沥青。

在马路牙子上坐的。

过了一会儿，爸爸很沮丧地说，洗不掉。我过去看，发现他已经试过了各种洗涤用品以及色拉油。他还用刷锅的铁丝抹布把布都刮得起毛了快透明了。并且正在试图用白酒。

我说爸我求你了别弄了明天买条新的。我爸特委屈地说，这是我最喜欢的一条裤子。

另外一天，中午我妈还没回，我和我爸一起吃饭。我爸突然说，真黑啊，这社会。吃下一口饭又说，你们南方报业有没有腐败？看着我等我回答。

5. 姥姥

姥姥88岁。有时糊涂，不认得人，可能也不太觉得自己痛苦了。

但是总是认识我。有一天抓着我的手的时候，完全没铺垫地说，我最歇含（稀罕、喜欢）我老外孙闺女了。然后就笑了，笑挺长时间，后来就停在笑容上，更长时间。非常简单，简直空洞，但是似乎因此有让人突然想要清醒一下的，真实。

6. 大姨

大姨所有的钱每一分钱,都是工资。可是大姨还是攒下了一些钱。大姨认为,油库(石油公司)和铁路是世界上最好的工作单位,永远不会垮。她在油库,大姨夫在铁路,她的儿子我的表哥也在铁路。

大姨每天无论有没有菜都吃三顿饭,吃饱饱的就得了呗,她说。吃完晚饭,收拾收拾东西,擦地了洗洗布衫了,总得劳动两个小时,然后就睡觉,一觉就睡到天亮,啥梦不带做的,啥也不寻思(想)。

大姨从不坐出租车因为一看跳表心里就咯噔一下。有一天她挤公共汽车人太多了味道不好下车就吐了。第二天她就提前两个小时出门,车上人少。

在去看望大舅的路上,大姨跟我回忆了"文化大革命"时候她在长春胜利公园旁边大白菜地附近抢毛主席纪念章的情形:成多人了,我抢了成多了,这么宽的,这么大的——往布衫上别着好呗。

7. 二姑

也是一个傍晚在院子里,二姑抓着我的手说,你二姑父没几年好活了。然后她把亲戚们的近况都描述了一遍,自然饱含评价。

二姑常跟人说,自己曾经赚到 100 多万。我们小时候,作为纺织厂推销员的她在百货大楼拥有专柜,那可真是神气。她的每个侄女(共计 7 个)都穿过她给的衣服——都是当时觉得的好衣服。现在,她和姑父每月只有 600 块老保。她好虚荣的儿子一次次"创业",早就把她的积蓄都花光了。这位表哥至今没有职业,任何亲戚提起他们家都要先叹一口气。

二姑的左眼睛,眼皮常年跳,现在快要粘在一起了。

8. 大舅

大舅是个可怕的人。他赌博,我记得的这二十几年,赌到倾家荡产好几次。

今年春天脑出血,抢救过来以后,到现在都卧床,不能行动,不能说话。

刚才去看他,瘦到皮包骨,嘴也歪了,眼睛亮得恐怖。

我从没见过那样的眼神,那样亮,那样用力,那样尖锐。穿过所有和平气象。

生活露馅儿了。多少个大姨包在外面,都包裹不住了。

四五岁的时候,我住姥姥家。姥爷倒卖红的蓝的粉的尼龙衫。有一天让大舅去送衣裳并拿钱回来,人家说好了要。怕他赌,派我跟着。我坐在大舅的自行车前横梁上,春天带黄沙的大风在马场的土路上吹。到了东边一家,炕上坐着很多人,一个现在想来可能只有四十多岁的女人,瘦得满脸黑褶子,叼个大烟袋。屋子里烟雾缭绕。回家以后,姥爷打他,用赶驴车的鞭子。大舅蜷在菜窖后面的柴火垛上,大舅妈和姥姥哭叫着。

没两年他就把那个菜园子里有杏树的房子,都输掉了。

现在算来,那时候大舅四十刚过。戴个绿色没徽章的军帽,二八自行车套个蓝色人造革车座。

小枕头

2006－7－7

　　YM说,她小时候有一个小枕头,特别喜爱。总是拍来拍去,摆弄到称心如意,才肯睡觉。后来有一天,她妈妈帮她拍了拍小枕头,她就大哭起来,不依不饶。觉得再也无法恢复成原来那个、自己的、完美的、小枕头了。

　　她是看了我的小铅笔头故事想起来的。

七月

2006 - 7 - 5

中午很晒。杨树叶子们被风吹翻过来，一大片灰白耀眼。

傍晚的风就很凉爽，可以通感到浅蓝紫色。风里还有草木香。

随便一打听，全都是悲剧。

回家，总要温习鲁迅的情感。

无聊对着妈妈镜子剪流海，剪到了眉毛以上 3 厘米。看着很缺心眼的样子。

姐姐还有 MK 都总结过，我的头发就是，一旦长到不难看的地步，就必然被我忍不住折腾回非常难看的样子。

以前笑人始终从负数向 0 挣扎。我的头发也这样。

差点和 MJ 吵起来。因为她希望美国灭亡。

我当然相信美国有些坏事。

我只是恨她在坏这件事上，是如此没见过世面，如此大惊小怪。

差点把手边的《长春日报》上转载的《人民日报》社论敲给她看。

或者我想利用一下自己因为见过坏的世面而获得的变态优越感。

她碰见的一只信仰 MM 的美国猪，认为"文化大革命"是必须必要的。她说烦死。她声明自己不是左左派、讨厌左左派。

我想起那天在咖啡馆见到一个外国人，穿个格瓦拉，背个为人民服务。烦死我。

左左派可疑，疑似劣质人格装饰品。

暑假

2006 - 7 - 3

一个无法证实的感想，压抑，可能真的会神秘地累积，有时候会有点忽然地，就固体一般地清楚。不能忽视、具有强迫力。

一整个下午心神不宁。

长春的空气，透明得，简直让人觉得稀薄。

非常像小时候的暑假。

心神不宁的时候，为了打岔，就看相册。

看爸妈年轻时候，比我现在大不了多少的时候，的样子。记得自己那时候觉得他们多么地，大人。神秘的大人，拥有答案的大人。

现在就觉得，一个人可能根本来不及长大，就开始衰老了。

或者根本没有长大那回事。

生命真是仓促。

晚饭以后，妈妈给她的一个堂弟媳妇讲我小时候的事。我和这位舅妈并排背对窗子坐着，妈妈的脸上映着窗外的傍晚的光。

据说刚回长春的时候，有一回我的一个小铅笔头儿顺着床和墙之间的小缝缝掉了下去。床底下堆满了东西，不可能拿出来。我就哭。给我一支新铅笔我也不要，给我一支看起来非常相似的铅笔头我也不要。我妈就打我。我却还是非要我自己的那个铅笔头不可。哭得眼眉都红了。我妈打完一抬手，就把我扔到了床角角那儿，差点磕破脑袋。我在床角角那儿哭啊哭，后来哭累了就睡着了。

二姐又来信

2006 - 6 - 7

我们都爱看电视。

In the food channel, my favorite cook from "30 - minute-meals", Rachel, is peeling off a sweet potato. She keeps talking, alone, to the fake audience.

"When you peel off a potato, think about potato chips";

"Ok, go to my GB. Garbage Bowl, girl's best friend!" (She is dumping garbage)

"You want to slice them nice and thin, oh, smells insane!"

"The nice thing about stew is, once you put things in the pot, it takes care of itself."

"It is a party in the pot."

"I can eat tomato just like apples, juicy."

"Remember, a delicious meal is never more than 30 minutes."

Fun.

忽魂悸以魄动,恍惊起而长嗟

昨天下半夜,凌晨到三点,闪电就没停。说有五百次可能都没夸张。

而且很亮,从窗帘缝钻进来。后来索性把窗帘扯开了,啊,真吓人。

真是劈进来的。好像神来了,鬼来了。让人敬畏又恐惧。

姐说是好事儿啊,discharge 一下,要不那么多电子电荷,怎么办呢。

因为她刚看完《迷失》,那飞机掉下去就是因为有两个人忘了按按扭 discharge 这个地球每天产生的那么些电荷。

焕然一新

2006 - 5 - 24

雾有点浓，一天了也不散。让人觉得今天是临时的。

醒了没起的时候，觉得疲倦，觉得心肝脾肺五脏六腑，都旧了。

然后

2006 - 5 - 19

每晚洗澡前后看电视，都是片段。

1. 激烈的对话

黑白片。一个女的和一个男的讲自己要离开另外一个、心理病掉了的男人。越讲越快，越讲越快，情绪越来越激烈。激烈到最激烈的时候，那个男的抓住了她。吻。明显的安静。

然后他们有礼貌地说，要忘掉这件事。

男人离开房间的时候胳膊上挂着个大衣，女人的头发是凝固的波浪，那种调调。

那个男的是个经纪人，那个女人的丈夫是个老掉了的前著名歌剧演员。

经纪人去找老歌剧演员，请他重新登台。（怀疑是为了治好他的心病以便女中年可以没有心理负担地离开他）。

两个老男人又是一番，激烈的对话。最后前著名歌剧演员承认，那个accident变成了他遮挡衰老的借口。他说，我害怕别人说我老了。他说,重要的不是那个 accident,而是 how i use it.

我当然不知道那个 accident 是什么。当然确实一点都不重要。

前著名歌剧演员老男人重新在舞台上歌唱的时候,经纪人老男人到化妆间向女人表达思念和爱慕的时候,我预感到一场崭新的激烈的对话,又要开始了。

就按下小红钮。明显的安静。

明显的黑暗。

2. 窗外

一个男人坐在火车上。百分之百的侧面,一条清楚的轮廓线。线外头是因为火车飞驰而虚成带状的绿条条。是树林,是田野。

然后他和他爸爸在一个餐馆吃饭,擦头发没听见说什么。

然后他们俩在林荫道上散步。白树干在背景里虚着。没有明显的叶子影子落在脸上,是没太阳的那种晴天的下午光景。

然后男人又坐上了火车。这一次没给他侧面特写。这一次他拿出了一本那意思大概是他爸爸给他的书。给书一个特写,上面好大一个名字,Rilke。然后又是窗外景色飞驰的车窗口的镜头,旁白是给青年诗人十封信里头的一些话。

一句不记得。

然后男人开始看他家窗外对面窗里的一场聚会。聚会里一个穿白色 T 恤衫的短头发女青年。

他跑去敲门。她说朋友们为她送行,她就要去阿根廷。

他说他想和她一起生活。

她说了些什么大致是不行。

她又回到窗口,过了一下下望窗外小张望了一下。

他在这边看着。

就出字幕了。

是个配音的译制片。

3. 小题大做

黑白片,一个年轻女人要去纽约。搞写作。还是穿蓬蓬裙子的年代。她妈妈表示相信她支持她,让她去纽约的一个啥啥阿姨家住。啥啥阿姨家还住着个好人的教授。他们初次相遇正是他扮演大黑熊陪那一家的几个小孩子玩。意思是很失礼。他们见面说,how do you do?

然后女青年在屋子里椅子里大裙子里做着针线听见琴声以及歌声。然后那意思大概是随着歌声的指引就来到了有钢琴的那一间,就在门口的椅子上静悄悄的坐着。弹琴唱歌的好人教授当然没注意到。等他一曲歌罢,两个人互相说了不好意思。然后她说她觉得那歌很好听,然后他问她说德语吗,然后他给她翻译歌词,"只有那些曾经热望(long)过的人才能了解……",然后她又重复了一小句,然后说她能了解。

然后他们走到了门口(为什么走到了门口呢,说了什么呢,不记得了),然后她说她应该如何跟唱片店的人讲,他说了一句德语,她学得很蹩脚,他说我还是给你写下来吧,在身上摸了两下假装幽默说,一个没有笔的老师(teacher 不是 professor)!然后她注意到他的纽扣要掉了,然后她手上正有针线说我帮你缝上吧虽然我手艺很差,然后她就帮他缝,然后这一幕就黑掉了。

这一幕两个人都很慌张,每句话都快。

然后(怎么三分钟的电视要写上一万字!)她正在给小朋友们讲故

事,女仆说有人在客厅找她是个 surprise。然后她就看到她的一个阿姨和一个表妹来了,阿姨要带表妹去欧洲,本来说是带她去的,因为她在来纽约之前和一个叫 Laurie 的人的什么事情没搞好,反正阿姨大约生了她的气。阿姨还没好气地告诉她,该 Laurie 也来了纽约。他来了纽约居然没来看望她!双重打击。

然后她回屋里去,被房间门开着的教授看见,抓进去讲她写的两篇小说。他说她写得不好。她心思不在这上,忍着听了几句就哭了起来。然后教授就使劲儿使劲儿道歉,然后她就讲了那双重打击,他就主动插缝儿加上了自己又说她小说写得不好的这第三重打击。

就关了电视。想着女作家一定要这么爱哭么。女作家一定要这么小题大做么。

小题大做是最让人感到羞耻的。高潮狂的羞耻感。

可能是一个确实存在的女作家的传记电影。不知道。

4. ALL IN

李秉宪和宋惠乔彼此相爱。

5. wake me up when september ends

昨天中午看到了一个 MTV,还挺好看的,老唱这一句。还有一句说爸爸来了又去,还有一句说 the innocent can never last。

今天查了一下才知道这歌很有名,Green Days 也很有名。

接着看到的一首歌没看着名,但是更好。印象很深却没法 google。

一个男的在大街上在公园里在火车站,看见人群里的每个人,头顶上都有一串红色的数字。3124:21:54:43,类似这种。那数字一直在变,就是生命时间的倒计时。日子小时分钟秒,这样的。

他老想去摸人人脑袋上的那个东西。戴着头盔骑着自行车的人,坐在长椅子上一边吃三明治一边讲电话的人,正在被送进救护车的人……反正很多人,都是人家忙碌生活的一瞬间的意思。

到最后,他看见街边上一个年轻姑娘脑袋顶上的那个数字,前面都是零了,就快闪没了。他就赶紧跑过去,一把拽住她。她那时候正要去开自己的车。从天上掉下来一个巨大无比的东西,把那车砸烂了。

然后他就看见他眼前的街上的来来往往的人群里的人,脑袋上的那串催促得人很不安的倒计时数字,不见了。

然后给那刚获救的姑娘一个镜头,然后她眼睛里的人包括刚才救她的男同学的脑袋上,全都有了那么一串数字。

歌声也就在那时候结束了。

完全被影像吸引了,一句都没听见。

广告插得太快,没来得及最后给下歌名。鬼才去下载吉祥三宝当彩铃。

6. 这不是我的意愿

今天中午看了会儿 XD 借给我的书。记得这样几句:

"这是真的,我不会碰巧看到正义的凯旋。"

"我不想这样去爱。/这不是我的意愿。/我不想这样怜悯。/这不是我的意愿。/……他们活着或者死去的故事。/使我生来就成了/一个例行的哀悼者。"

亲爱精诚

2006－5－8

1.

1号突然下大雨的时候，我和MJ从天河回来没多久，在乱糟糟的家里瘫坐着。外面黑的，窗帘都拉上了。

3号突然下大雨的时候，我在书店楼下的咖啡馆等MJ，看一本绝望得全无毒害几乎好笑的书。雨水跟一层起了静电的塑料布一样，贴着玻璃窗往下铺。没有雨滴，也没有雨线。

4号突然下大雨的时候，我和MJ和YM在黄埔军校门口的难看亭子里坐着。一个老头在亭子里给一个大学生模样的女青年画像，画得一点都不像。她男朋友在边上坐着一言不发。因为下雨一下子拥进来好多人，就像秋风把落叶吹聚在墙角一样。MJ就给我们观摩画像的群众们，照了些像。

5号突然下大雨的时候，我和MJ在家里，正想着还要不要出门。于是我们一起观赏：全遮全挡的乌云慢慢露出边际，边际底下黄白的天色一点点漫上来，远处的楼群现出形影。

6号突然下大雨的时候,我和YM在建设六马路的露天咖啡座赤裸忧愁,一边嘲讽一边表演。我前面那把大伞底下的四个成年男人,在雨声突然响亮的一刹那集体起立,就像听到了国歌一样。然后我看见中年的那俩,把满满的扎啤酒杯碰了一下,仰脖干了。然后我看见他们俩,互相搂着对方的脊背,走到街边店里避雨去了。然后我看见剩下的相对年轻的那俩,重新坐下,两个喜力啤酒的小瓶子歪一歪脑袋互相碰了一下,各自小小地喝了一口。然后我看见另一个方向上的小服装店的一个梳长长辫子的小姑娘,把橱窗前大白灯光下模特的胳膊拆了下来,然后搂着她给她套上了一条红色薄纱吊带裙。然后她把她的胳膊重新装上,然后她把搭到胸前的辫子甩回脑后,并且用手在脖子后面掀了一掀。

2.

昨天晚上在远处高楼的灯光下游泳。停下来休息把泳镜抬起来的时候,看见红紫的天,淡橘红的云,清白的月亮。看云彩聚啊散,跑得很欢,看见阳台上的成排的衣裳,跟着高处的风荡起来。

车轮压过马路的声音,汽车发动的声音,电锯的声音,理发店的流行歌曲,公共汽车进站的广播,肯定还有人声嘈杂在里面,肯定还有我说不出来路的别的、街上的声音。

戴着粉色的塑胶手套

2006 - 4 - 23

　　突然下起大雨的时候，我正在擦地。像阿信那样，跪在地上擦。

　　窗刚推开一个缝，就被风吹开了。从十五楼看下去，雨被风吹得一团一团的，很恢弘。

　　天一点一点亮起来了，就把灯关了。下午不到三点钟。

刘平和方方

2006－4－22

马上 12 点了,外面居然堵车一直堵到报社门口。

于是回来写 blog。路上想,真是周末呢。就觉得到处到处都是大排档,冰扎啤杯子外面水淋淋的。举起来,举起来,说着无聊的本不必说的话。

傍晚时候实在撑不住,就在沙发上躺了一会儿。

最近脑子里总是闪很多很以前的画面。好像和某一个自己分离得太久了似的。

今天在沙发上想到的是,小学一年级或者二年级的寒假,期末考试之后发表成绩以前,我和一个叫方方的同学,一起去一个叫刘平的同学家。她们家里亮堂堂的。

方方头发很黑有点自来卷,梳一个很高很粗不太长的辫子。脸很白,很肉的那种白,在颧骨上有两个像酒窝一样的小坑。

刘平脸也很白,是看得见蓝色血管的那种白。她脸还很平,很平的瓜子脸,有个尖下巴。她的头发有点黄,也不太多,垂垂地编一根很长的辫子贴在后背上。她额头上总有几根飘着的碎头发。单眼皮,吊吊着。现在想是很好看的小姑娘。

方方有点胖,刘平很瘦。

想得太真切了。很可怕。

我顺便想到了小学第一个班主任的一件浅粉红发灰颜色的盘扣棉袄罩。那时候没人有羽绒服什么的,都穿棉袄,立领的。袄罩也是立领的。我都记得那布里织了些金线。那布面是很粗糙的。我当然没摸过,一想就是她站在我旁边的过道,衣襟贴在我的桌子上。我当然背手坐着。

那老师姓姜,家住卫星路。当时觉得卫星路很远。

湖

2006－4－13

　　早上梦见小时候窗户外头的那个小湖了。它在一个大湖旁边。

　　湖上结着冰,有一块荡着黑凉的水。然后就有几个小男孩,戴着蓝色的前头有三条竖着的白道道的滑冰帽,乘着破成小块儿的冰,在水面上滑行。就像冲浪那样。他们从湖的西北角往东南角滑过去。在我的视野里,就是从右下角往左上角滑去。

　　醒来以后发现窗户上很多水,一下子冷那么多。

　　然后想起那小湖边上的大柳树。有一年寒假在那湖边的坝上打滑梯玩,玩累了不想回家,在一棵大柳树底下看自己家窗户看了很久。

东窗西窗

2006 - 3 - 30

1. 西红柿汁

昨天去超市，一出门一股阴凉的小风。一下就想起大学时候初夏里中午时候在水房洗衣服的情形。

东窗外头是自行车棚的瓦片屋顶，还有一条珍珠梅掩映的小路。路上三三两两拎着水壶拿着饭盆的女生。刚洗澡回来的头发湿漉漉的，拎着一个大塑料袋或者抱着一只塑料盆，裤脚子挽起来，露出一截非常干净的脚脖一双非常干净的脚。

水房里总是有人在洗草莓。8 号楼商店的袋装冰淇淋 1 块钱一大包。

大一可能是五月的一个礼拜天下午，很晴朗。和 CXX 在西操看院际足球赛回宿舍。CXX 从家回直接去球场，穿了一件我以前没见过的蓝白格子真丝衬衫，扎在牛仔裤里显得非常老派。我们沿着河骑回去，风吹着头发让人非常想要抒情。

宿舍刚接受过卫生检查，干净得一个褶都没有。完全空白的一个下午,做什么都可以。

我们俩又出去,在照谰院买了黄瓜和西红柿。

再回来的时候天就有点阴了。西红柿汁有如预期地滴落在我的一条白裤子上。

那条裤子是二姐的,裤脚上绣着白花。

我要说的不过是,因为小风的缘故,我昨天买了四根黄瓜和六个西红柿。今天早上,西红柿汁有如预期地滴落在我的白色睡裤上。

2. 我想去德国

昨天想起来的,这世界上不仅有报社以及我那租来的家,不仅有广州还有我有幸出生于此的中国。这世界上还有德国。

我想去德国。一是因为我认识的有限几个德国人,都有让我尊敬并喜欢的人格洁癖,都努力都谦逊都积极向上都充满善意还都长得好看。二是因为我印象里的所有的柏林画面,都是冬天。积着雪或下着雪,天清澈地蓝。建筑物都是里面只有很少几个人的样子。

中午给家打电话,爸爸说这两天零下七八度。我 19 岁以前的记忆里净是冬天。西窗外一个落日沉沉的大湖一片白雪安宁的亚寒带针叶林。

二姐来信

2006 - 3 - 23

我觉得特别文学:

I was watching TV in the late afternoon, the Foxnews live.

Satellite live video about car chasing on Los Angeles. A car theft was in a dark SUV, followed by a police car. It was traffic time on high way. The theft kept about 70 mile (120 km), and the police was about two-car's distance away. The theft knew that the police would not approach too close because it was too dangerous to other vehicles. He kept going, and other cars around stopped because of the alarm from the police. When there was too much traffic, his car jumped onto the shoulder. Then he opened the window, took a cigarette. He and his stolen car was heading to the west coast, the sunset. A long shadow followed his car. He knew that he would be in jail soon, and he had limited time there. He just kept going ... The police was a week character.

After half an hour, Foxnews brought back to the theft. His car somehow was stuck between the trees. A tall, strong young guy came out from the car. I could see he was even good-looking, white. He began to run. He ran like being in the game, not showing any desperation at all. The satellite camera just followed him all the time. He crossed a building, and next. But when he got to a parking lot, several police cars appeared, and he was arrested. He was simply a car theft.

Followed this news is the discussion: "I hate other people's kid".

TV is interesting.

今天放假

2006 - 3 - 23

去年秋天搬到天台上去的两把蓝椅子,不见了。

小得快没有的小雨里头,有鸟叫,一声两声的,音不高也不婉转,不过很清楚。真的、跟山林里似的。

可能是因为空气好。

把烟头踩灭在地上随便一个地方,知道它就此混入了无人辨认的痕迹灰堆。想起大学一年级时候有一天下雪,可能也是无以应答吧,就出去溜达。

很黑的晚上,转进荷塘那里,就更静了一些。朱自清白得耀眼。

然后黑暗里水塘对面,闪了一个小小的小红点,再仔细瞧,分辨出一个蹲着的人影来。

那时候比现在还爱摆 pose,所以就站那儿看了很久,一直把小红点儿看成一个红晕。

站了一会儿就走了,一根烟能有多久。可能怕小红点灭掉,怕他站起来,情境就破了。

那天雪挺大的,现在想起来,都觉得鼻尖脚趾冰凉。

体验的目录纵横交错

2006 - 3 - 21

1. 礼拜天的《南方都市报》

傍晚出去吃饭,门厅里喜庆保安正弯腰在掐一个胖小孩儿的胖脸蛋儿,后者躺在婴儿车里,戴个皱出花边的婴儿帽。玻璃门以外盆栽植物以上,暮色正在降临,风一团一团地暖,和煦。

我所经历过的所有傍晚与那一刻同在。

餐厅里旁边一个男生和三个女生坐一桌,一直在拍照,闪光灯一下一下地。侧头一看,三个女生搂成一排,脑袋凑在一起,各自微笑,一、二、三,哦,耶。然后三个人又都转过来站到男同学身后看相机小屏幕。只听得一个词,招牌笑容。

我坚信她对这个词的使用是出于惯性。其时我手上正拿着专门传播这种空洞词汇的《声色周刊》。

看完一叠只记得周迅引了自己那句出道台词,"女人比姑娘漂亮"。

后来他们终于轻声唱起了祝你生日快乐，甚至还轻轻拍手。我虽然已经用《地球周刊》挡着脸了，可还是往沙发深处陷了一陷，好像是跟自己出示反应，安抚尴尬。

《好莱坞经济学》说，那些大制作之所以要谄媚年轻人，是因为他们是唯一可以因为年龄而爱好整齐的一群。大规模的宣传、把首映式号召成节日，这些都需要方便清楚定位的一大群。而且他们刚好又是可乐麦当劳这些东西的目标消费群。

一个一直隐约感觉得到的规则被直接肯定地说出来，真让人愉快。

再看下去就想，自己的人生分出了几分之几用来，理解揣摩想象，他们美国。

一边概括一边补充细节，一边定型一边慢慢修改。

2. 到处都是《断章》

中大北门广场上，舞会还没开始，轮滑已经滑成一片，卖风筝的自行车尾一只橘红色的大蝴蝶正面招摇。

观赏牌坊底下站着观赏的人，不知他们脑子里是否泛起了"在人间"这样的词汇。

走过金海湾，大堂里压迫人的富贵，灯火通明看得清楚。低沉沉的音乐传出来，跟那厅堂搭配得合适。我因此认为这富贵其实相当紧张。这让我觉得自己可真是个邪恶的人。

迎面走来三个女人，擦身而过的时候听一个说，搞得挺大气的。

大气这词，我总说不出口。我一点不厚道。

音乐厅和美术馆的对面,一个人抱着吉他在那儿唱。我的未来不是梦,都是月亮惹的祸。黑黝黝的江水上蓝的绿的紫的光,垃圾泛着白沫子在眼皮底下漂,水很暖和的样子。

蹲下去放钱,走过去听见琴声慢下来复又急切,歌声再响起的时候就听不清楚了。

快到家的时候停下来打枪,二十颗塑料黄豆,打破了十七只气球。

蓝的绿的红的黄的。

夜里十二点半

2006 - 3 - 15

　　昨晚到家在 C-store 买早饭，两个蓝制服背后写着"世新洗车场"的小伙子排在我前面，他们买了两个茶叶蛋和一瓶啤酒。我就想，这怎么喝得醉呢。我又想，这大冷天的，喝点白酒才是。恨不能买一瓶二锅头塞给他们。

下半夜的老虎与水鹿

2006 - 3 - 10

1. 特别 nice 啊

今天写稿是准备好了被毙的,但是领导说哪怕打折也要争取发,所以就写得藏藏掖掖别别扭扭,就像心里装了鬼一样。

结果,结果 W 领导他今天特别 nice 啊,只是稍微指导了一下,没有毙没有毙啊。

随时准备验证普世价值的 ZP 老师不失时机地说,都是人啊。

2. 然后就睡着了

怕失眠干躺,昨晚就看了会儿电视。

一开始是刚果河。后来是老虎。老虎捕食水鹿的故事。中间一只母虎与公虎争鹿,失败了,毛皮被撕出一个巨大的三角口子,露出鲜亮亮的红肉来。蹒跚着走。

老虎蹲伏在高高的苇草里,睡着了一样。突然跃起奔向水中的鹿群,水花激荡,啊,真煽情。

凌晨两点多,好静啊。

躺下时候不知为啥想起，这时人生最好的时期吧，精力充沛。一直不懂"珍惜"这个动作怎么做，只是真的，觉得此时此刻很幸福。然后就看见了自己，黑暗静夜中十指交叉，握在呼吸之上。老虎一样的呼吸。

蓝瓶的

2006 - 3 - 2

1. 改稿

WK 老师说,倒数第三段意思重复了。我就屁颠屁颠地改,因为觉得说得对。

来回改了两遍,用跑的。再拿去,遇见 JQ 手里的样,已经红得不行了。

就不去看最后到底改成啥样了。

2. 价值观魅力

以前总是说,在写稿的时候,对一切其他事情都有兴趣。

今天升华了一下,人生它不就是在逃避梦想的途中展开的吗。

这是那天半夜看轩尼诗广告时候想到的。那广告词好像是说,实践梦想,才真的有意思。最后还总结说,活得痛快。

中午空气冷阳光亮,就很配合地在购物机里买了百事可乐。到办公室啪地往桌上一砸,正看见那四个字,突破渴望。

必须承认,我就是因为这四个字,只喝蓝瓶的。

3. 500 美元

收到二姐寄来的 500 美元支票的时候,脚上正穿着她送我的高筒小花袜子。

在 MEMO 里二姐写道:小昭,(必须兑现)。

完全不理解她为什么要用括号。

我确实准备兑现,并且准备把 4000 块存起来,零头花掉。我的储蓄都是别人的钱。

4. 说话吗?

正要出门上班,1502 李廷起小朋友来访。他说,说话吗? 我说,你是说聊天吗?

前天我一开门,看见门口摆了一辆崭新崭新的深蓝色自行车。然后 1502 的门就开了一个缝,露出一个肯定没整过容的韩国男同学的胖脑袋。我猜他汉语不行,又深知语言障碍之苦,赶紧说,没事没事,停这儿没问题。

三角梅

2006 - 3 - 1

终于知道了那个花的名字。

那天坐车在二沙岛上,看见路边一墙都是,通红通红的,比得上北京秋天的爬山虎。

原来南方体育办公室外面的阳台上,楼上一家铺铺张张垂下来一大枝,也是通红通红的。走过去细看,花瓣都张大了撑薄了,红里淡出粉来。阳光从粉红后头照过来,还透明。

十楼顶上平台上,也开着这花。开完会走出来问 YX 姐姐,她说叫三角梅。彼时的天又晴又蓝又冰凉,正前方小黑门洞里的小黑玻璃,映出散会的人群三三两两。

欲持一瓢酒，遥慰风雨夕

2006 - 2 - 28

1. 黄沙

周日晚上坐地铁去黄沙。椅子很滑，一开一停人就滑行一小段。

对面一个女人对着小镜子涂口红，涂了两遍，又端详了很久。来来回回摇头，手和镜子都不动。头发染过很浅的黄，像草一样枯，上面新长出来的黑头发，有快两寸。

出来就是大马路，车都开得一往无前，呼呼做响，完全不 pedestrian-friendly。小雨正开始下，尘土还没压下去。站着迷糊了一会儿，上了出租车。

2. 电视剧

Irene 从香港来，和她男朋友还有另外三个一起做陶瓷的女朋友。

在黄沙一个叫"唐荔园"的地方吃饭。领座的人都穿着清宫衣服，头上顶着一块坠着大花的黑木头。一片水里固定着几只假装是船的东西，上面有四人小餐桌。

我们吃饭的房间大约也要叫做榭或者阁，有个阳台在水上，阳台上有一张蓝花陶瓷小桌，两只配套小凳。

好像电视剧现场一样。假而且荒谬而且让人感到被低级粗陋的审美羞辱。

可惜了那真实的雨，真实地落在真实的水面上。

涟漪和雨声，本来是可以和唐朝清朝联系在一起的。

3. 牙医

礼拜一与 Irene 他们吃午茶。

Irene 和她男朋友都是牙医，业余做陶瓷。好像已经在巴黎展过了。他们五个人的新展览，此刻正在香港展出。Irene 给我三张毫无用处的印刷精美的邀请券。还有一组她的陶瓷制品。还有一本他们整个 group 一起做的一本书，线装的，叫《造物忘年》。

他们家就可以烧陶。Irene 至今还穿着她在伦敦时候天天穿的那件外套。成熟的中产阶级社会里的中产阶级，就是这样吧。

4. 北京路

顺路在北京路逛。下雨，走在骑楼底下，觉得有点古老。

买了三个贴在冰箱上的小吸铁石：一棵翠绿的白菜，一个鲜红的辣椒，一个西瓜切开露瓤，深绿包着深红。卖它们给我的中年女人管我叫小妹妹。

买了袜子若干，送姐姐的，送 XS 的。

试了耳坠子若干，一个都没买。"表现出了非凡的理性"。

5. 暖气

欲持一瓢酒，遥慰风雨夕。

从北京路从傍晚从雨里回家，打开暖气，就非常想说这句话。后来终于把它发成了短信。

6. 改革

看改革不改革的争论，觉得问题复杂而不敢有立场。可是其实又知道自己归根结底有立场。

以左派的坚决右派。这像文字游戏了。

只是同时知道这立场往最底下辩论去就与正确两个字没关系，拼的是信念。到最底下没道理可讲了，那个几近耍赖的立场，就是自我吧。

7. 碧桂园

最近总是想起碧桂园。在广州也有的回忆了。

在二楼的阳台上就可以俯视的那棵小榕树，下雨时候非常非常非常非常地，绿。

失忆的证据

2006 - 2 - 16

一翻身醒了，很黄很清楚大半圆一个月亮，正在窗上。

还没来得及真的感到让人恐慌的冲动种种，先已经想到，张爱玲啊。

醒得还真快。

更醒一步，窗帘怎么是拉开的呢？窗子也是打开的！

我清楚地记得自己，一进家门就先关了窗，拉了窗帘，然后洗澡换衣服。

我清楚地记得自己，关了电视关了灯在睡前的很黑很黑的黑暗里想，真静啊。还在那静里停了一会儿。

难道我梦游了？

试图回忆自己到底是什么时候为什么拉了窗帘开了窗，就彻底醒了睡不着了。开了灯，看才 5 点。月亮在西窗缓缓地落。看不出来，但我知道它在落。

觉得饿。热了一个豆包。皮都风干了，馅也散了。很难吃。喝了一口水,开了电视。

看了十分钟《春日》。发现自己对文娱产品有过分的要求,希望它们可以与现实生活有那么一点关系。或者自己有这样的渴望,渴望写实的,甚至是极端现实主义的东西,来安慰。

在清晨里还自己缩了句,渴望安慰。又自己消解想,其实当然也没多渴望,或者渴望太多东西,哪一样都混在一起。又想就这么脏了灰黑了,点滴都没了颜色。又想这是学水粉学到的逻辑。

又看两个 MTV,不认识的外国人。又拉开窗帘缝重新看了一眼月亮。

再醒 12 点,外面灰黄个天。出门飘小雨。五羊新城过街天桥并排的两棵木棉,开花了。叶子还没落尽,看着有点脏。

去年昨天第一次见到木棉。阴灰潮湿的月份要开始了。

要写稿,很早来。整整无聊了 5 个小时,唯一收获是,发现无聊这种状态,是没有顶峰的,再怎么积累都不会高潮。

我不喜欢烧不开的水。相信耐心,让我有一种赌徒的感觉。

all or nothing,非 100 即 0。做到这个,一定有自欺,但是这是自我要求。

办公室里没什么人,寥落得要命。天也阴。看人讲改革的成本和不改革的成本。每一层世界里的逻辑都一样。这事情让人感到无法突破的局限。

想要打破言语之镜。真实就是无法醒来。

初七

2006 - 2 - 4

昨天晚上有一会儿,妈妈在刷牙,爸爸在看电视,电视里在演相声,笑林在唱,八十年代的新一辈。窗帘没拉,窗口右下角一小块路灯点点的滨江东路。

直露一回

2006－1－18

1. 昨天

楼下保安,有一个很活泼,总是笑。我每见他也笑。

昨天早上出去买面包,他笑说,这么早。我想笑没笑出来。回来他帮我开门,说,怎么今天不高兴?我欲强笑又未遂,说,谁能天天高兴呢。

愣愣等电梯,他突兀地说,看开点。

知道自己脸色不好,特意花枝招展出门。出门时候成功地笑了。

2. 文艺电影

上午招待大姐看文艺电影,自己睡觉、洗澡、出去买午饭,跟着看了开头和结尾。

男主角对女配角说,不要讨论,语言制造误会。

女主角对男主角说,你要说你爱我,你要说,你想拥抱我的墙上奔跑的影子。

那应该是几十年前的电影,怎么男女关系这点事儿,一点进步都没有呢。

3. 主席台

其实没睡着，在意大利语对白里，迷迷糊糊地想起中学操场的那个戏台一样的东西。平常领操，升旗，听教导主任讲话。运动会时候叫大会主席台。看到那样一个画面，自己在那个台子的一边，另一个不知道是谁的人在另一边。两个人正相对着往中间冲，像京戏里两个武生走过场一样。那得算睡着了吧，可是清楚地听着意大利语。

4. 我最好的一双袜子破了

一路往下破开去，裙子就快盖不住了。

一晚上胆战心惊。

5. 那一天

轻松地简单地，超越那一天。默默地伤感地，度过那一天。

转贴大姐写的

2006 - 1 - 14

找不到任何借口

中午去肯德基,正赶上宋爱琳、赵斯文两位小朋友庆祝生日。前者六岁、后者五岁。肯德基祝福他们永远健康快乐幸福。

肯德基确实难吃,这很让人满意。

雪完全化没了。穿着羽绒服在大街上走,希望迎面碰见一个骑三轮卖镜子的人。但是没有,倒有一个骑三轮卖草莓的人,湖北草莓,一盒15块。

想在大街上多停留一会儿,但找不到任何借口。

向翠仪

2006 - 1 - 10

换床单的时候,在床和墙之间发现了一个存折,还有一个坠了四个红绿球球的橡皮筋。

存折是 2002 年 12 月开户的,存了 12000 块钱。没有取钱的记录。户名是向翠仪。

11 月去昌岗中路交煤气费,他们说已经从银行扣了。扣的就是向翠仪的钱。

打电话给房东,她说她已经回香港了。

前一任租客叫李春艳。是个模特。向翠仪至少是再前一任。

办公室里没人说话,全是键盘声。达达达的有点急促。

那个让大人尴尬的孩子

2005 - 12 - 23

中午在珠影那边迷路。走了三条小街,问了五次路,找到三个羽毛球馆。

每条街上都是做小生意的人,卖上海羊毛衫的店播放循环录音,腔调非常像火车站。

非常晴非常亮,一点暖洋洋。

沿途买了一个包子,一个黑芝麻馅糯米团子。

在一个阴影里看见几个人把一些报纸和废物卖给另外几个人,正在清点。一个姑娘站在其中,高高扎一个马尾,白色贴身的小羽绒服,很精明的样子。

回到阳光下路口上,一个卖煮玉米的人守着他的大铝锅,低头数毛票。香气濡湿温暖缭绕。

地上都是黑泥黑水粘着垃圾。人来人往。

就想起电影里邮差录给诗人的那句诗:我父亲悲伤的渔网。

羽毛球馆里光线很暗，高处大绿窗帘看着很沉，下面缝隙里泄进一片阳光，像一把刀切过来一样。

下午大姐打电话，交流了节日的压力。到处都是圣诞树，披挂着彩灯一闪一闪，小红帽子缀着小白球。让人恐慌。所有人问所有人，你圣诞怎么过？仿佛你不欢乐，你就必须反思你的生活。可是我不欢乐，并且我无法控制地怀疑，别人和我一样。这难道是个皇帝新装的故事吗。

晚上喝了酒。一点白酒，几个憨厚的人。出来晚了，路上走得飞快。水果摊上吊着的裸露的灯泡，一瞬间把眼睛照得雪亮失明。柚子的黄色，橙子的橙色，橘子的橘色，苹果的红色，酒精灯的火焰，外焰是蓝色，内焰是橘黄。

在厕所里想，其实每一天，都可以在审美的目光下，在叙述的段落中，获得它的形式感。审美是建构的力量。虚构提供格式。

江湖

2005 - 12 - 19

大晴天,等车的时候忍不住把外套扣子解开。有点痒,春天一样。

天桥上,卖花的,卖甘蔗的,卖玉器的,卖钱包的,卖盗版碟的,卖"怀旧"小人儿书的,卖围巾的,卖毛线手套的,卖会走路的小马玩具的,卖茸茸拖鞋的。每人只卖一样东西,清清楚楚。

卖围巾的人和卖手套的人站着聊天。

在小人儿书摊儿那儿蹲着看了一会儿,没一本我看过的。

在算卦的摊儿上摇了一卦,老头儿用一个拼音田字格本的反面写啊算啊,用东北口音说,这卦不太好,又摇了摇头,说,这卦不好啊。然后叹了口气还。

最后他说,要忍,要忍耐。

明明是《周易》,弄得跟《圣经》似的。

拐弯地方那棵木棉不见了。春天时候,一个穿棕色马甲的阿姨,站在栏杆边上把上身探出去老远,想要把花看仔细。还有另一天,两个小伙子在斜坡上支三角架,准备拍有虚有实的花朵写真。

木棉花多么红,多么大,多么厚,多么漂亮啊。

再走下来,阴影里,吹口琴的人照旧在。老远备了零钱,放进筒里的时候他点了下头。

真是江湖啊。

去年今天晚上,从当代走出来,在一条小路上看见特别蓝特别深的天,还有特别高的杨树,树枝被不知哪里的光照得又白又亮又冷。仰着头觉得自己像一个欧洲作家。仰着头就要飞向外太空。

早上把两件大衣送去干洗店

2005 - 11 - 15

　　昨天回家早，下车顺路去中大小北门帮 LLB 买一个受欢迎的勺子。城中村繁华的街上，人很多，风很凉，黄浊的灯光照着黑腻的地面。我从两小桌吃麻辣烫的大学生中间走过去，想到几乎所有的人生都会不时地暴露荒凉。盖不住的。想到几乎所有的人，都要费大半的力气，才能抵达自己的核心，或者才能给自己找一个核心，或者放弃找一个核心。

　　昨天一整夜的噩梦，一个接一个。醒过来差不多只记得自己一直在争夺，并且一直处于劣势，一直失败。早起。过了这么长的充满了事务的一天，还记得那沮丧的、委屈的、辛苦的、憋闷的情绪。

　　中午错过了一辆车，就等了好一阵子。一对打工情侣站在冷风里大声争吵，女方的荧光黄上衣于空气中仿佛在抖。前后左右过去未来都无人无事，孤单单掉下来一幕。

　　我站了一会儿，终于在不锈钢的长凳上坐下。鼻尖并不凉，手也热的，可是就觉得整个世界全部生活，都清冷异常。

　　非常长的一天。

我爱写树叶子是遗传的

2005 - 10 - 30

广州刮了两天的秋风,收到妈妈写树叶子的邮件,题目叫《树叶还绿着》:

今秋一直温暖,加上今年夏季雨水好,街道上我的校园里所有的树都保持着全绿的叶子。不像往年的秋季,一阵阵秋风吹来,带着寒意,把树叶一次次地吹黄,一片片打落在地上,让人悲怜。

秋风扫落叶一向是秋的象征。由于今秋冷风来得晚,很少见树叶发黄,也很少见落叶,一直没有入秋的感觉。10 月 20 号左右,突然冷了两天,树叶还没有做落地的准备,翠绿的叶子一下子被速冻了,依然以全绿的颜色挂在枝头。个别的在朝阳的地方或者窝风的地方还没被速冻着,偷偷地活着。这两天天气又暖和了,原来速冻过的叶子因为速冻的时间短又都缓过来了,好像还要挺一挺抗衡一下时日。

唉,生命啊真是顽强。我爱大自然,具体地落实在花草树木身上。

每天我从教学楼前多次往返,亲切地看这一趟树的生长变化。由春天的第一芽新绿到初冬的最后一片落叶。我看着她们迎春生长的喜悦,陪伴它们夏季喝足水的精神。

这里面有三种开花的树，首属丁香了，然后是迎春花和刺玫。我看着它们含苞待放时和它们一起骄傲，它们以开花为生命赢来了光彩。这期间绿色的叶子是它们生命的全程象征。一年一度树木花草生长衰老冬眠明年再发生。人却没有这种本事，不能冬眠再生，只有企盼长寿，却不知长寿要遭多大的罪。

如果有来世我愿做一棵美丽的人间的树。

吃栗子的人

2005 - 10 - 25

礼拜四晚上大概九点多，在北京帽儿胡同，和另外三个姐姐，从一个小饭馆走出来，刚刚开始的夜晚像深井水一样凉。觉得前面应该有盏小黄灯，灯下卖着糖炒栗子，甚至要俨然地老字号才行。

当然没有。就分别地，把手插进裤子口袋、把胳膊抱在胸前、把纱巾掩进风衣领口、把披肩裹得紧一点。

礼拜六晚上在后海荷花市场，在那个诱人思考的符号空间里，和 ZH 喝摩登的石榴汁。我的脚和她的手脖，全都冰凉的。漂在水杯子里的橘红色小火焰，也是冰凉的。ZH 美貌依旧，我们再次畅想了一个可以共同度过的老年。

礼拜天中午在机场登机口，旁边坐了一个六十岁左右的女人。她一直在吃栗子。并且除了吃栗子的必要动作，浑身上下哪都不动。一动不动一声不响地吃栗子。我就想到了"进食"这两个字。喂姥姥吃东西的时候,她把嘴张得挺大的等着的时候,我清楚地看着她的口腔,还有嘴唇一圈的褶子,也想起了这两个字。用文艺腔调讲,她们都是我。真实的感受是,我当时心里有些残忍的东西,也有点恨。

礼拜四下午在星巴克等姐姐,听着一屋子人在交谈。我身后的一个女人语气相当急切。就觉得不能盯着那声音听,要不那声音就会变大变得有回声相叠,就像电影里做噩梦的人听到的那样。就认真地想,当众交谈和当众交媾,到底有什么区别。

没有想出结果来,姐姐就回来了。然后我们就去了地下三层,在一个被推荐的理发店里看 FF 被剪头发。

FF 依然认为所有人都很美。昨天终于在广州买了栗子。

可能是有这样的需求

2005 - 10 - 17

正是这几天在变冷。据说今晚就零下四度了。

不过非常晴，清冽冽地蓝。

上午陪姥姥晒太阳。同晒的还有老婶、老婶妈妈和杨姨。老婶妈妈戴个眼镜在拆一条格子裤子。老姑给老婶的，老婶穿瘦。

拿老婶纸口袋里一件浅藕荷色的毛衣织着玩儿。没拧劲儿的细线，很容易挑出小毛毛来。

中间老婶出去晾葱、杨姨说王宏勋丢了两条枕巾（人家新结婚买的能不是好的么）、芳姐进来商量小新新的毛裤是否该收针了、杨姨回家等送煤气罐的（从65涨到75）、老婶打电话问老叔车开了没有（要去一千里地以外的伊春看望两名堂兄，车已经晚了一个钟头还没开）、姥姥要求回床躺下、老婶妈妈从自己随身带的小包里翻出顶针、芳姐放下小毛裤说，我得晒被去，我最乐意晒被了……

回家爸在烟雾中看神六落地,不知连着抽了几棵。一个人说他们谁啊特别想吃糖。白岩松说,可能是有这样的需求。隔了一下又说,可能是有这样的需求。

我猜他想说的是,宇航员这几天的特殊生活使他们的身体有这样一种需求。

爸爸走了我换台,《啼笑姻缘》主题歌:爱不醒就是真的,抓不住就是假的。

还真虚无。

关了电视到窗前,看见芳姐正在晾衣杆上抻被子。她穿件红衣服,扎个长马尾。画面没有声音。

织毛衣的时候,确实可以看见,时间、阳光、呼吸、流逝和衰亡。

百年孤独红楼梦

2005－10－13

从春江花月夜,到秋窗风雨夕。

1.

因为神六,飞机推迟了一个多小时才起飞。愤怒地思考,什么东西引起的民族自豪感,才是正当的。

旁边一个女人打电话,讲广州乱,眼瞅着旁边一个男人被抢。她说,能敢管吗,不抢他就得抢我。

2.

回家姥姥第一句话,"姥娘不会走路,她会。"被嫉妒的是老婶的妈妈,81岁。

今天姥姥问我,自己比她大几岁。我说六岁。她说,再有六年她赶不上我,她现在拨了盖(膝盖)就疼。

过一会儿,老婶的妈妈过来,抻抻姥姥的衣服,说,穿这么多还冷?又对我说,没啥火力了。

好在她们俩都聋。

3.

昨天下午老婶讲她妈妈家邻居，老太太活 118 岁，小脚一指长，穿个前头镶玉后头挂铃儿的绣花小鞋。她儿子孙子都死了。她孙子，站在大货车上，不小心被路边树枝子把脑袋刮(三声)下去了。

大姨家二宝子住院做手术，孩子爸爸和奶奶在医院外头哭。

宝良舅小姨子脑淤血变成植物人儿了，桂芬儿去看了一趟回来病得不能吃饭了。

爸问老叔去哪了，老婶说去二大爷家了。二黑和小张(二黑后妈)打起来了，把玻璃砸碎了。晚上爸回来说，二大爷和小张打麻将打一天一宿，回家想睡觉。二黑在家和好了面儿馅儿说一起包饺子，小张说，我们不吃也不包。后来就打起来了。

今年白菜特别好，大葱和土豆子都不好，不好还贵。

大伙儿都愁酸菜往哪腌，怕冷冻裂了缸、热焐坏了菜，放在楼道里又怕赵胖偷。陈圆和王宏勋在后院用学校热水腌自家酸菜。

4.

今天下午老婶炒了一衬衫盒子瓜子，床上围了四五个人在那儿嗑。逗小芳姐家小孩儿玩儿。

老婶的妈妈坐在床边望窗外，手握苍蝇拍。过一会儿说，今晚就得上冻。老叔站着举着一棵烟，也望窗外。他更加肯定地说，不能。

老婶说，天冷，吃点热汤面条暖和暖和。

喂姥姥吃面条，爸爸叫我，我一应声，姥姥立刻说，谁召唤你，你快吃饭去吧，我自己吃，我自己吃。

窗外是白菜垛，单(shan)着塑料布，塑料布上压着橘红色的砖头。砖头被雨水湿透了很鲜艳。

阴天下小雨。吃饭时候看见黑冷的窗玻璃上一层水汽。就觉得是灯底下人在取暖。这温暖就像灯晕那样衰减很快，边界明晰。人们围在一起。

西窗
2005 - 10 - 6

连着好几天在家,没有任何计划。终于呆出了那种效果:晚上拉上窗帘的时候,觉得早上拉开它就是一秒钟以前的事。

在上地的时候,总是这样。尤其是冬天。

在窗台上可以看见一些江和半个星海音乐厅。三号四号那两天风很大,尤其是晚上。为了假装秋天,舍不得关窗。然后还很臭屁地想:"江声浩荡,从屋后生起。"

我不会改链接的字体颜色

2005 - 9 - 26

1. 时事

晚上吃饭，一桌子的人说时事。一个人说话大声而且肯定，我就觉得其他沉默着的人，一边接收资料性信息，一边都难免地，有所保留。

在一个封闭的小屋子里，用未来过去时的视角，把一桩不能正面报道的事件说得跟星星之火似的。然后再把未来，把通往未来的路径，预期得那么详尽。跟真的似的。让人不能不分着神提醒自己，要有所保留。

阔论中间听见，隔壁手机短信，嘟嘟两声。

阔论出来外面，夜灯照细雨，下班的人挤在人行道上。

2. 搬家

上午去看了豪宅，下午听说自己失了半个业。可是还是要去住，大不了在别的方面省一点。因为那个地方让人觉得，一个人生活，是那么地 complete。

3. 秋天

不知道是不是暂时的。

4. portfolios

MJ 的照片拍得真好，今天夸她。她说她至今还是最喜欢三年前给我拍的嘴里叼着橡皮糖的那一张。她说那一张就是那种，"it will be in all the portfolios in the rest of your life"的那一种。

被放进艺术家的 portfolio 有多好，被放进她今后所有的 portfolios 有多好。

俳句

2005 - 9 - 14

大姐在长春,中午时分短信。

1.

看小姥

时间可真慢

2.

万里无云

窗前一堆沙子

让人神往

2005 - 9 - 9

　　醒的时候发现自己睡了快 13 个小时。肿得眼睛只剩一条缝。喝了两袋咖啡，才把隐形眼镜戴上。还是会被误会哭过。

　　昨天晚上在七十一买东西付了钱忘了拿。

　　今天中午在卫生间门口摔倒。

　　列举上面事实是为了说明，我是真的觉得累了。

　　可是我还是一头雾水。我已经快要忘记了，我本来要弄清楚的问题是什么了。我见什么都想看，我想着有那么多东西要看，觉得急死了。心里想着那些还没看的急急地看着那些在看的，就彻底糊涂了。

　　等电梯的时候想，还是要慢下来。看一点，体会一点。现在这样看下去，是自欺欺人。

　　至少应该把问题清楚地列出来。

　　只是把空虚弄得不透明了，完全不是充实。

刚才去大办公室接水,看见大窗外的天,和我刚来广州的那几天,一模一样。

什么也不干,什么也不想,躺着看小说,随时放下什么也不看。大概这样过几天,就能把空虚重新弄透明了。

独处这个肉麻的词,它的意思是,不和任何人,也不和任何事,甚至都不与自己,相处。

去看七剑

早上梦见下雪，寂寞怅然，但是很不想醒过来。

结果下了雨。

办公室里坐了一个女人，大声说话。我知道定是苦事，却心烦意乱。睡太少，一直熬着想怎么写生命之美。

TRW 说给她五十块钱先维持生活，她走的时候说，你不是说给我钱么，我以为你骗我呢。

她三岁就被掠到金三角，长没多大就开始在制毒厂做童工，再长大点要逼她做性奴，她抗拒，他们割掉了她的乳房和子宫，变成运毒工具。前两年在广西逃脱，遇见一个天阉的男人，两个人过了一段日子，也是到处乱跑，今年那个男人死了。她来广州拣垃圾，没有身份证找不到工，收容站要送她回家，问她从哪来。她说，我哪知道我从哪来。

她说话好大声，很快，说你没听过我这么惨的吧，说得一点悲伤都听不出来。

TRW 说,她肚子上好大一条伤疤,愈合得非常不好,刚掀给我们看。

　　我就坐在那儿想着怎么写生命之美:刚刚脱壳的金蝉和正在学习飞行的小鸟。

普鲁斯特瞬间

2005 - 7 - 27

游泳完洗澡的时候,看见一个女的那么个姿势:低头,长头发垂下来,把毛巾卷起来,往发稍上摇。这样干的快些。想起小时候在爸单位的公共澡堂,也见过一个女的这么弄头发。她长得特别像王祖贤,印象里比王祖贤还好看。那天后来她穿上了一条黑色的连衣裙。

我当时是个小孩儿,全没顾忌一直盯着看。

和这些言语无关,一下子就把那个澡堂子的气氛,全都想起来了。

书上说这叫普鲁斯特瞬间。

那时候爸单位有好几个美女,有一个长得像巩俐,经我妈介绍嫁给了她最好朋友的侄子。那个人在省电视台播新闻,长得跟白面馒头似的。喜欢搞些坏事儿,自己开广告公司承包自己的节目之类的。后来自然变得很有钱。一直非常招人烦。

印象比较深的是一个叫"小段儿"的女人,嘴角还是什么地方有一颗痣。我小时候就觉得她妩媚不同。有一年冬天,大概是寒假里,我跪在窗台上往外看。一个女人从我视线的背后走过来,又朝我目光的远处走过去。她穿一件那时候还没什么人穿的蜡染布面的棉袄。我认出她来，她就是那个我妈妈每次见到都直呼"美人儿"的小段儿。

过了一会儿她又走回来了。她走过去，消失，再走回来，我就一直在窗台上往外巴望，也不知道巴望什么呢。飘小雪，天色阴，窗户上面有灰。

从我家窗户往外望去是一个很小的湖。湖和我们这个楼之间（其实是和楼门前那些菜园子的篱笆墙或者砖墙之间），有一条非常窄的小道。夏天的傍晚，湖这一边的人去湖那一边的树林子里散步，就都走这条小道。透过纱窗的说话声音听着很近。冬天的时候，那条路就没什么人走。

要不是因为小段儿，我也许就不记得那个下午了。实际上我都记得自己当时好奇极了，想知道她这是到哪去了呢。到哪去了呢，这么快就回来了。窗外一个人也没有，飘小雪，灰蒙蒙的天。越想越真切了，应该是下午三四点钟的样子，西窗那儿就要见特别红的落日了。

be cool

二姐电话大姐,说她有一回在大街上,看见两个 teenager,一个在扒垃圾,另一个走过来,说,hey man,let us not worry about food right now. be cool.

大街上的政治

2005 - 7 - 4

街边守着一筐桃子卖的中年女人，我路过的时候，心里帮她算了一下生计的账。

算不出。

就想，礼拜五晚上那个人当街抢走的我的手机，也卖不了多少钱。我显然宁愿付他那一两百块钱。何苦吓我。可是除了抢我吓我，他又能通过什么途径，从我这里得到那一两百块钱。多诡异的事。

还有一个人，几乎全裸，身体棕黑，头发蓬乱，我想是乞丐，或者也许疯了。我不知道。上个月在报社门口，我见过他四次。有一天是下班时候，下雨，他正在扒垃圾筒，找吃的。我想，是什么阻止了我去与他交谈？其实并不敢真的仔细想。这么想着就走过去了。

刚好四年以前，去给一个在学校北门赤脚挖地的疯姑娘送一双凉鞋。我跳上 ZT 的自行车后座，听见她在后面摇着铁栅栏门大声喊，你是好人！真让人羞愧。

不知道自己是不是不变了。不知道自己是不是连彻底自问的勇气都没有了。

有一个雨天在伦敦街上，一个穿着红雨衣的人问我，愿不愿意给无家可归者每月三英镑。他说他们的组织每年帮他们中好多人找到了工作，找到了生活。小伙子脸上都是雀斑。

是什么阻止了我去与那个扒垃圾吃的人交谈。我怕什么。

fears

2005 - 7 - 1

1. 打乒乓球

MJ 说她姑姑死了。我说是我见过的那个吗。她说她只有一个姑姑。

我还记得见到 MJ 姑姑的情形。是端午节前后,后来 MJ 好像说过姑姑给她带了粽子。在离地铁站不远的超市门口,我从外面回来,MJ 正要送姑姑离开。下午两三点钟的光景,或者更早一点。那天一直下小雨。我们站那儿说了两句话。我大概也是笑得有点热情的样子。

那天后来傍晚时候我和 MJ 打了很久的乒乓球。因为热开了门,有时候球跑到院子里去,院子里的草和砖都湿漉漉的。我好像在某一次拣球的时候,往上望了望,感到了那一刻。记得有这个。

MJ 说整理照片,说我们在她房间里照了很多特别好的照片,吃西瓜的那一天。她说那是她唯一喜欢的夏天。我说那是我记得最多事情的一年并且是最愿意去回忆的一年。多肉麻啊。

我走了之后,房子到期之后,MJ 就住在姑姑那里。这个我也是知道的,她邮件里说到过。我好像刚回来的时候还给她写过一封邮件叫nike,因为是说了些诸如 just do it 之类的废话。

姑姑好像嫁过两个英国人,有一个儿子。MJ 的表弟好像有点孤僻,她讲过的,是有点复杂的情节,就不记得了。我还见过那小男孩的照片。MJ 昨天说,姑姑死在台湾,表弟要来参加葬礼。

这就是用"MJ 姑姑"在我的头脑中搜索,得到的全部结果。

2. 看电影

觉得实在无可吃,LH 吃了麦当劳。觉得实在无可做,和 LH 去看了电影。知道在放《头文字 D》,我们都对这电影没有任何兴趣,以致一路慨叹,生活怎么乏味到了这步田地。因为场次选了蝙蝠侠,等的时候 L 老师都起了退票回家的念头,并说随时准备离开。

预期调到这么低,居然就觉得还挺好看的。或者可能真的还挺好看的也说不定。

小男孩的高贵爹说,all creatures feel fears. 儿子说,even scary ones? 爹说,especially.

我当时的想法是,一切反动派都是纸老虎。

真的觉得是宣扬意识形态的工具,那种寓教于乐的派头仿佛 CCTV 换个马甲。不过后来想,意识形态它,其实是多么多么好卖、多么多么商业的啊。

3. 背宋词

班车要等半个小时,无聊,L 老师教我背了两首词。苏老师和姜老师各一首,都是最著名的,都是从前会过的,串一串拣起来。

今天游泳的时候,脑子里全是那几句。韵律是有魔力的,赶不走。

4. 游泳

今天很闹,六七个小男孩,两个小女孩,初中一二年级的样子。两个小女孩在岸边空站了很久,男孩子们在水里把水花打得好大。说了一二三,一个细长的孩子潜下去一气到对岸。

今天我心里是定了数目的。就数着自己往返的次数,游。好像昨天那个男人那样。要走的时候他来了,比我还闷,停都不停。在小孩子欢娱的对比下,越发觉得这是内心虚弱的成年人证明自律能力的游戏。只能把自己看清楚了,蒙混不过去。

出来照了一眼镜子,觉得无比无比地,陌生。

来上班就看见,LY姐姐说她早晨"刷牙刷着刷着,就趴水池子上哭了起来。""哭的时候,也没有什么理由,也并不真的难过,但就是无法自控,好像是一种呕吐。哭完之后,会有一种很洁净的感觉,仿佛自己变成了一只刚洗完擦完的玻璃杯子。"

朝闻道

2005 - 5 - 28

朝闻道夕死可矣。在我读到"你底秩序,求得了又必须背离"这句诗的时候,就想到了这句古话,并且从此认为它的实际意思是说,如果早上知道了那个"道",最好晚上就死掉。

昨天晚上,其实是今天早上五点钟左右,我又想到了这两句话。我的疑虑是,一个早慧的人,他是不是慧完了以后,就再怎么也摆脱不掉表演的倾向了?

我以前相信表演是可以清洗掉的。表演的浮萍水草捞干净,我们还是可以潜下去潜下去找到清澈有如神明的东西。

我现在弄不清楚了。

蜘蛛

2005 - 5 - 18

中午在一个红灯地方，看见车窗玻璃上爬着一只蜘蛛。在外头。那时候的阳光也不知道是怎么照的，反正正好能看见它拉出来的蛛丝，很细很亮。

然后车就开起来了，蜘蛛就被甩下来了。它的丝拉着它，它就在玻璃外头晃。幅度很大，像蜘蛛侠的幅度一样大。蛛丝还是很细很亮，看着让人担心。

后来它就被甩下去了。不知道被甩到哪里去了。一小细根蛛丝还在，只要歪歪脑袋，就能看见它还是很细很亮。在车的风里，非常非常飘渺，闪亮亮地飘渺。

木棉的花期

2005 - 4 - 3

班车停在红绿灯的时候,看见一大群人挤在一起过马路,有推自行车的,也有没推自行车的。想他们和中学时候某一天从我眼前涌过的那一大群过马路的人,有什么区别。

这里是广州,那里是长春。那时候觉得世界真实但是与我无关。现在觉得世界可疑但是自己身在其中。

正在消失的整体感,正在展开的命运。

想生孩子,把自己钉死在现在的生活中。yangmimi 说,一枚大图钉。

以什么样的动机生孩子,才能在将来面对他/她的痛苦的时候自己问心无愧?

他好像没受什么污染，除了思想！

2005 - 3 - 8

二姐邮件说她躺在床上用四个小时看了一本 Edith Wharton 的小说，*Summer*，from recent random purchase。

真是文艺啊！

大姐则短信说，决定最喜欢孙犁，因为他"虚假而清新"。我电话去，她又说，"他（孙犁）好像没受什么污染，除了思想！"

以前广东同学给我讲，说他们这边的树叶子，是春天落的，落了就立刻开始长新的了。

今天坐车，看街边树，有的一树老叶子枯着，有的落了一些，有的落光了，有的发芽发得黄嫩，有的新叶子已经长得清新，有的不知道是未枯的去年的叶子还是新长的今年的叶子看着很老成了。从枝条的秩序看，它们绝对是同一种树，但是树叶子们处在各不相同的阶段。

好像人的世界，小孩子，年轻人，中年人，老人，都在一起，都陈列在街上。

好久没见人
2004 - 12 - 10

1.

回来路上一个红灯,右前方停了一个,在木板三轮车上加了小马达的车。车上耸着高一米五左右直径一米左右的一个,里面装满了小油菜的透明塑料袋。绿油菜袋这边背着风晒着太阳,坐着一个穿绛红色雪地鞋系白鞋带的女人。女人膝盖之间,站着一个刚露出头来的小男孩。女人低头合臂搂着他,用自己的浅蓝色薄纱巾蒙了他的头,又掀起来。又蒙上,又再掀起来。我们相距不到两米,阳光净亮,母子两个笑得清清楚楚。

2.

去苏州街一个叫长远天地的大厦,抢在十二点以前做了很多手忙脚乱的事情。出来恍惚了一下,进了旁边一个能吃饭的咖啡店。

二层,大,人少,大片大片的玻璃窗,亮堂,热。装饰设计哪哪都是节制不住的小心思,服务员个个礼貌微笑。

我都不敢喝水了,杯子一拿起来就被瞧见了,一放下就给续上了。

还特特站老远,端着个擦得锃亮的温水壶。丝袜们泛着浅浅的温州珍珠灰。

在平庸的创意上精耕细作。国产手机们。当事实巨大的时候,我下意识地就把批评转换成了感动。在平庸的创意上精耕细作,让人感动。

阿飞说:黑夜给了我一双黑色的眼睛,我却用它翻白眼。

3.

贴着路边的小灌木,两个穿荧光橘红色镶荧光黄色横道道的马甲的人,一下一下举镐在刨。

他们旁边是一个也卖烟与饮料的公共厕所亭。烟与饮料那屋里是有张床的,我以前窥探过。我因此觉得必定也有电饭锅。某年春天当代往南一点的那个亭子里的那张床上,坐着一个穿粉色衣服的圆脸姑娘。

他们再往旁边,是一个收费停自行车的地方。一个男人锁好了车一边走一边把斜挎着的单肩书包摘下来,觉得他头发里都是汗。在棒球帽外头扎了个花纱巾的女人摆好了男人的自行车,回站在人行道中间儿,站着,面朝着镐们的方向。

头发

2004 - 12 - 06

不能剪的头发，它一直一直长。基本上都是很糟糕的样子。但是每隔一段时间，它就以一种新的方式变得可以忍受。然后再长一长，又前后不着、难看得不行了。

一副要演绎普遍真理的样子。

传播学

2004 - 12 - 03 21:15

　　好像是因为一楼装修的人改了管道,所以我们这一串人家都有两个房间暖气冰凉。今天物业的人来了三次,五个不同的人。都是来摸暖气。其中一个当我在他的什么表格上签字的时候不相干地说,煤价涨了,从不到三百涨到四百多。

　　去年冬天有一天我和妈妈去买豆腐。豆腐原来一块钱一块儿,那天的豆腐就比原先稍微大了点,就变一块五一块儿了。我妈有一档无一档地说,咋涨这么邪乎呢?那卖豆腐的女人立刻来了神儿,翻了一下胖眼睛,说,美国大豆涨价了你直(知)不直(知)道哇!

中午去吃担担面。走在外头路上就不想回家了。

战线拉得太长，没有好好尽力，可是其他的事情什么也做不了。人都柴了。

卖香烟与彩票的小门市贴着一张红纸，说本彩站又出吉号，福彩双色球高中 251 万元。

我几乎要买了，可是那个小地方挤了那么多人。天那么阴。

吃面的时候店里放没听过的歌，当爱情经过的时候，我不知道自己在梦游……唱得真难听，让人觉得那女歌手梳个硬硬耸起的高刘海。

事实

2004 - 11 - 30

要下楼查邮件，想不起来自己昨天有没有查过。然后就想不起来自己昨天有没有出过门。然后就想不起来自己昨天吃了些什么——更不用说做了些什么。

有好长一个瞬间一个瞬间都想不起来。

拿起遥控器，对着电视机按下去的那一下，说出声音来，说，这日子过的。在沙发上坐下来，换台。

真正证明我已经疯了的事实是：这些事情并没有发生。大姐电话问我怎么还不更新，她一上午已经开了四遍。我就打开电脑，胡写起来。如上。

晚来天欲雪

2004 - 11 - 22

可是大姐发来邮件,标题说:我们国家有这么多问题,不能读诗了。

难道要搞"文化大革命"吗。

周末

2004 - 11 - 22

过去的一个月,我都在夸张的焦虑中什么也做不成。虽然现在几乎已经来不及,但是前天和昨天,我严肃地想,我得放松些,离自己远一点。

于是一直看电视,就跟过周末一样。

昨天晚上,洗了澡关了灯,坐着。可真静啊。我觉得自己的视力在黑暗中,听觉在安静中,都变得非常地兴奋。没有目的的兴奋,显得很纯粹。是无中唯一的有。

我接着就觉得,活着还是好,是真好。

头发没干就睡了,早上起来的发型,非常地超现实。

系统已经从严重的错误中恢复

2004 - 11 - 16

电脑突然死机。我关了它,决定出个门,买面包与牛奶。真的是面包与牛奶。回来再打开,它说,系统已经从严重的错误中恢复。我看着就乐了,还挺倔的,跟我党似的。

出门想起来就先交了电话费。电话局旁边一个高大的写字楼,底下有家咖啡馆。很小,五六张小桌子吧。夏天时候去过一次,就我一个人,空调极凉,安静得有点神秘。今天又去,烟雾腾腾的几乎坐满了。暖气又热,放着不知道什么英文歌,唱得挺有感情的样子:像是另外一个地方了。

刚好靠窗的一桌人出来,我就坐了。窗外是地下车库的入口,一个戴着红白袖标穿着棉军大衣的人站在那儿,不知在想什么。再远一点就是环岛。看起来有点开阔。

我旁边的一桌人,三个男的,在说台湾的公司在内地,如何如何。说宏基,又说互联网,又说那个弄橡胶的那个王什么。就跟女人在一起说张曼玉似的。后来来了一个穿修长黑大衣的,短头发脸色匀净的中年女人。大家都站起来，邱总白总张总的。总们坐下，我听见女人说，柠檬红茶。

超市里放《爱在深秋》的曲子。它以前还放过 only you。排队在我身后的两个男人，讨论一款 198 元的运动鞋：到底值不值得，到底会不会打折，什么时候才会打折，系带子的和软拉练的，到底哪个更舒服，鞋底子是不是太薄了，鞋头那么翘……

我想要是没有这样的消费者，产品哪会进步。我想把这些话与别人说出来，和把这些话放在心里面自己说一遍，这就是寂寞与不寂寞的区别么。

从超市里出来，看见夕阳在玻璃上了。我拎着一筒牛奶，站在马路中间的绿地上，看见自己仰着头，目光萧瑟：就这么自恋了半分钟。

我大概比我自己乐于承认的，更加骄傲。

8秒

2004 - 11 - 16

睡觉那间屋子的窗边，从屋顶上一滴一滴地往下滴水珠。

昨天中午发现的，窗帘后头的墙都湿了一片，掉了皮。可能是楼上暖气漏水。我想他们家地板的状况恐怕更危机，用不到我提醒。

在窗台上放盆接着，滴答作声。恍惚出好多李清照们，确凿的一句也想不起来。

到了晚上，不知道从什么时候开始，它自己就好了，停下来了。

刚才，又开始滴水了。

今天放盆的位置，也不知道是一个什么位置。水滴落下去，砸碎了，成为更小的许多小水滴，溅出来。飞溅的轨迹闪耀在窗口的阳光里。我坐在床上，看得正清楚。

无以应答。竟然就测了它们间隔的长短：均均匀匀地，每八秒钟一滴。

光天化日

2004 - 11 - 15

去邮局取了稿费，买了茶和苹果。回来路上朗朗的天，接着建筑物白花花的外表皮，心里竟然想到一些不明亮的事情。

觉得好像一个光鲜的礼盒，揭开来里面满满的蟑螂，或者别的蠕动着的丑陋的东西。努力认为蟑螂也不过是蟑螂，也是大自然。可是总也拗不过最初的好恶。

好多证据在说，我自己也亲眼看见过，儿童的残忍，跟对"不美好"事物的热情。就想不出我拗不过的那根深蒂固，它是从哪里来的。

最喜欢

2004 - 11 - 11

最喜欢被邮差按门铃告诉拿身份证下楼领汇款单。

乱糟糟蹦下去，明亮的上午或者下午，在一个硬纸板上的表格上，签字。

觉得特别深居简出。

我讨厌被说谎

2004 - 11 - 05

我所能想到的三个说谎的动机,都让我讨厌:

1. 说真话就无法实现目的;

2. 认为反正你也无法知道真相;

3. 认为你心力不足以承受真相。

刘晓箫

2004 - 11 - 05

中午吃饭看电视,讲一个叫刘晓箫的人。

他原来是"棒棒",用扁担帮人运东西的。爱好文学,发表过一些作品。后来到一个剧团打零工。后来办了个棒棒劳动服务公司。有了钱以后搞过一个笔会。

在笔会上,他说,在文学上,我是一个失败者。大家都走过来了,我没走过来。我得算是一个悲剧人物。边儿上的人在摄像机面前不自在地又笑又说,现在下结论还为时过早吧。刘晓箫又说,三十七八岁了,我爱的人,爱我的人,都没有。一个人,孤独地,爱文学,(中间儿说了句啥没听清),爱面包。

刘晓箫瘦小,大头,对眼。戴巨大无比的两片眼镜,讲四川普通话。

复印机上的银杏叶子

2004 - 11 - 03

复印室里两个人。一个男的，黑黄瘦小，穿件老气的暗格子夹克衫。一个女的，矮胖敦实，扎一个被头油粘成一条的长辫子。

男的在帮我复印，女的拿起另一台复印机上的一片银杏叶子，说，这是哪儿来的？

男的手里的活儿不停下，快速地斜眼看了她和我各一眼，低回头去，小声到几乎听不见地，说，我捡的。

孔雀翎

2004－10－31

　　雨过天晴的中午,光线像是一个,同样是雨过天晴的、夏天的、暑假里的傍晚。

　　夜里那些被路灯照亮的芒针,迎着眼睛奔上来,它们密集、急速,晶莹、冰冷。

深居简出

2004 - 10 - 29

早上被电子邮件说深居简出，很得意，没想到自己的生活境界原来有这么高的呢。

这几天倒是人来不断。下午 JY 来了，围着电暖气，说起一个笑起来如何好看的人，一个如何能够让别人愉快又如何能控制自己的生活的人，一个一点都不乏味可有意思了的人，说这样一个人，他突然地就得了一种怪病。

一种神经无法放松的病，说是神经放松到一定程度，肌肉就会突然怎样一下，类似痉挛那样吧，我猜想。结果他睡觉睡到两个小时就得被迫着醒来。结果他后来就都不能工作了。

送她出去。在小区里走。外面一点都不冷，没有风，不太晴，但是一点都不冷。我在一丛灌木那里站住，说要不我们站一会儿，就像两个不乐意回家的中学生那样。她说中学生都该叫我们阿姨了。

一个穿运动校服扎马尾辫的小姑娘走过去，手里端着一个小白塑料花盆，花盆上浮摆了一根两岔的小棵芦荟。我说，回家种芦荟呢。已经走过去了的小姑娘的拿着花盆的手就往上举了举。

在小区里平时不大经过的地方发现了一个新的菜市场,很热闹。卖调料干果和干海带的摊子比较冷清,坐在它后头的人面无表情,头发凌乱,好像王小波。

一夜的屈原

2004 - 10 - 29

　　昨天九点多就去睡了。一整夜都在写一本奔腾浩荡、瑰丽悲伤的大书。句句都是余幼好此奇服兮必将愁苦而终穷的语气。醒过来的时候看得出窗帘那边的光还是阴灰的，就瞪瞪躺着，当真是身心俱疲。

　　睡时候写的话一句都想不起来，人像被浓酽的痛楚浸过的泡菜，每个细胞里都是失去了记忆追索不到理由的悲伤，像是悲伤的尸体。

　　终于起来去洗澡，出来看见窗上蒙着乳白的雾。

网络的速度

2004 - 10 - 24

    控制着我处理信息的节奏,这个节奏改变了我的精神风貌。结果是,我现在像个傻子一样。

    电脑不支了,出去买水果。一个白软瘦长的年轻姑娘,跟他男朋友说,人家要吃梨。她男朋友说,明天再买,噢。她说,不嘛,人家要吃梨。哎,你这梨怎么卖啊,哪种甜啊。

    最后他男朋友给她买了一个梨。拎在手里,他说,X,一个梨要两块钱!

二楼的阿姨

2004 - 10 - 23

二姐打电话，我一拿起来她就说，

我生病了，躺在床上，外面下大雨，家里没有吃的。

我就大笑起来，觉得这几句话可真是有表现力啊。

下楼去买菜，迎面看见二楼的阿姨，坐在一个很低的小凳上，膝盖顶到了胸口，上面翻开着一本书。一楼在装修，二楼大概太吵了。阿姨抬头看见我，说，出去啊。

去年秋天，国庆节假期之后，九号或者十号，晚上，有人敲门。问是谁啊，答说，楼下的。又问，怎么了，漏水了么还是？答说，不是，楼下的，送点东西。

就背叛了妈妈和姐姐们的叮嘱，开了门。她领着一个四五岁的小女孩，拎着一个装得满满的塑料口袋，站在门口。我请她进来，在厅里坐下。那时候厅里的灯还没有修好，借着屋子里的光，非常地暗。

阿姨是来送水果的,她假期去郊区亲戚家在果园里摘下来的海棠果与香水梨。她这么解释着的时候,为自己的唐突尴尬着。我就亢奋着热情。

阿姨领着的孩子是她的小女儿,还有一个大女儿已经念大学了。在人大念投资。她说她大女儿就住在门口那个屋子里,就是原来二姐那屋的楼下。我记得很清楚我当时坐在阿姨对面还幻想了一下女大学生站在二楼那个窗口望见那三棵银杏树的情形。

后来有时候我会在楼道里或者楼的外面碰见阿姨。基本上她都是拉着她的小女儿,她的小女儿管我叫阿姨。所以我就无法称呼她,笑并且笑完了低下头去。

拎了菜回来,阿姨没再抬起头,可能是专心看书,没看见我。我上楼来把菜放到厨房去的时候,在窗口正好看见她。她头顶的头发已经非常稀薄了,看见晕开去的一个圆圈,灰白的头皮。

想在新年的时候送礼物给她。

姥姥的梦

2004-10-08

昨天下午,照顾姥姥的阿姨讲的:

前天晚上,半夜前儿,我姥姥上过厕所,回来躺下,跟阿姨说,你困不困,你不困咱俩唠嗑啊?

阿姨说,不困,你说吧。

姥姥又说,你冷不冷?

阿姨说,不冷。

姥姥说,我才刚梦见你大爷了(指我姥爷)。我给他做一大盆饭,下那老些绿豆子。

一双好鞋

2004 - 09 - 30

上午跟二姐和妈妈去逛街,成功地给爸爸买了两条裤子,给妈妈买了一条裤子一双小皮靴。

一个特别大的商场,里面有复杂的扶梯系统,搞复杂的返券活动,很容易迷路。裤子们又都要改裤长,改裤长的地方藏在一个很隐蔽很难找的角落。

我让二姐和妈妈在买鞋的地方坐着等,我飞速地在人群和货物中走,想起了韩国电视剧里的一场。金喜善说,要是都不能给妈妈您拌饭,生女儿还有什么用! 其时金喜善正把她拌好的石锅拌饭推给她对面的妈妈,她们母女俩正在意见不和中。

取完了裤子和返券,回来正赶上妈妈平常语气地说,不敢自个儿出门儿了,找不上哪是哪。

爸爸妈妈对新买的东西全部很喜欢,妈妈对新鞋尤其喜欢,垫上了新鞋垫穿上,还跺跺脚。妈妈说,我这辈子都没穿过这么好的鞋,又轻又软,还暖和,还舒服,还好看。爸爸说,行啊,辛苦一辈子了,还不穿双好鞋。

爸爸妈妈常常说的一辈子啊,我总是不敢往详细里想象。说多了听着就平常了,可是我老不敢想他们说的时候,是不是每说一次,就真的在心里快进了一遍,这一辈子的电影啊。

明天下雨

2004 - 09 - 13

下午去电影学院认识芳芳的摄影师朋友。又是一个精力充沛日程充满的人。看得自己心惊。看她拍的那些照片,觉得有时代的芬芳。虽然她都会说什么什么很丑,然后很想拍。又觉得那种警惕的心,总是在跳动。不在你这儿,就在我这儿。又觉得照片啊,一下一下,一张一张,带来的感受还是,都有一个共同之处,就是难免一惊。之后再仔细看的话,又经常地,就都在它的故事最外面,罩着一层因为偶然的孤单。

所有的东西都是它自己的障碍,那样的。

回来正赶上下班高峰,一直小小地堵着,也就那样。看好多在自行车上的人,还有公共汽车上的人,还有别的车上的人。想着刚看的那些照片,就越发地觉得不能仔细想。仔细想一个一个都是无底洞。

芳芳明儿就回了。回来路上想,为什么要四处跑呢,哪一个地方都复杂到了我们折腾一辈子穷尽了精力仍然要被它淹没的程度啊。可是就是在四处乱跑,布朗运动一样的,四处乱跑。

后海后遗症

2004－08－28

今天居然出门和两拨人见面，觉得自己简直太社交了。

第一次射箭，左胳膊一直在抖。但是还是很喜欢很 enjoy。从射箭馆出来五点多钟，天色真是明亮。比两点多钟的晃眼睛的明亮更加清楚美丽的明亮。

在后海荷花市场牌坊底下等人。他们都堵车，等很久。

从牌坊口往里看，看不到那么多可就觉得都是人。

牌坊外头一个老头拉二胡，另外一个老头用一种古怪的方法使得自己的嗓子唱出很大很大声。

牌坊一往里就是星巴克，咖啡味很香。

天色正在开始往下暗，风小小的。

无法形容。1. 此刻无法被证实为真；2. 此刻无法被证实为虚幻；3. 此刻一去不回；4. 人海茫茫；5. 红尘万丈；6. 集体无意识；7. heterotopia；8. 想象凌晨四点钟还在这个地方的那些东西桌子椅子房子后海水水里的大金鱼小金鱼水边上的大柳树小柳树还有天上紫灰色的氤氲，想象这些东西全都微笑起来;9.想象在每一个桌子上装一个窃听器一个摄像头,想象他们每个人都从不知道什么地方掏出他们分别的自传来,自传的故事们都停在这一刻,想象一处一处开出花来,想象这些花开成一片,多么疯狂。

想要坐到水边的石头栏杆上去,想到穿了低腰的裤子所以仍然坐在那把椅子上。

一白一黑一大一小两只狗绕着一根柱子旁边的两摊污渍舔啊舔,在食欲和嗅觉的指引下,清醒异常。

吃饭。大声说话大声笑。若干短暂的瞬间质疑自己在说什么在为什么笑。很快被无意识的洪流淹没。

出来。百分之八十五轮朗月,正在喧腾之上不太高的天空。

穿过跳交际舞的人。与拍着手大声喊着一二三三四的中年女教练擦身而过。

回家。发现到目前为止人类还没有想出不麻烦的换被罩的方法。

上帝给瘦女文学青年的礼物

2004－08－27

看娱乐新闻，朴志胤说，性是上帝给的最好的礼物。晚上问大姐，觉得上帝给她的最好的礼物是什么。她仔细想了想竟然说，秋天。

到底曾经是瘦女文学青年。到底曾经是九十年代初大学文学社里心中怀着绝望的爱的长裙子长头发的瘦女文学青年。

当然其时晚风也确实比较习习。

以前有一阵儿爱问的一个有点类似的问题是，你生活的乐趣是什么。得到的我觉得最好的回答是，做白日梦。第二好的是，睡大觉。

和姐姐分别回忆了各自大学时候的若干片段。能回忆起来的片段当然都是很美好的样子。或者是真的是很美好的样子。但是我们的结论，到底也还是，我们大学时候的主要特征，还是虚伪。

不能面对自己啊。心里是有很多欲求的，可是都被自己假装成别的拿出来。有时候又不肯拿出来，很高慢的样子。可是心里一直很急，一直一直很急。急得具体是在急什么都不知道了。

虚伪的结果是荒废。

七剑下天山

2004 - 08 - 09

今天弄得挺忙挺累的。就有点牙疼。

做晚饭的时候在脑子里自言自语,然后有一瞬间,就觉得,我的那些话,其实和我所正在经历的生活之间,有那么大的差别。我一直都知道,我自言自语不是为了爱思考,不是为了一直保有意识顺便保有尊严的错觉,也不是为了锻炼自己的语言能力,我是为了避免去用更本能的自己去体会真实。我害怕,跟自己说出来,好像就容易混过去一些。然而我有一种空划过去,一直都没有真实生活一直都在梦游的感觉。几乎要被打败。但是我早已经在心里决定了永远不再被打败。我提醒自己,然后就觉得了一下意志的力量,然而并没有力气或者兴致为它感到骄傲或者振奋。哗哗哗地放水,心里有一点都不享受的怕掉下去的恐惧。感伤这么舒缓而美好的词就一点都谈不上。

然而人的自我保护的能力是多么强啊。虽然自我保护的时候是有点觉得对不起自己或者对不起了什么东西似的,是有点觉得自己活得简直有点不真诚的。啊,痛苦,其实是有诱惑力的啊。这是多么神经病的感受啊，我要改。我要改。

以语言的密度来对照生活，就好像把一张解析度为 60×40 的照片放大到全屏来看。天很热，简直比立秋以前的任何一天都还热。窗外有热闹的空调滴水的声音。

改天去图书馆把它翻出来

2004 - 07 - 29

在电视里听人家讲博物馆的陈设灯光什么的。主持人大赞，上海博物馆的灯光，好啊！上海博物馆黑压压的，一些灯打在一些东西上。另一个人说，北京的历史博物馆，窗开得很大，自然光进来，再怎么打灯，都没有这个效果。

大三做博物馆的时候，老师们好像说，现在流行使用自然光。于是放了好多各种天窗高窗们的幻灯片。建筑师们跟节目主持人们，到底还是差了半个相位。

怀疑他们会彼此不喜欢。

大三我做的博物馆，是说要展出普通人的生活与记忆。所以一个小隔间一个小隔间的。要求维持这份记忆的人，定期去更新跟维护。

这个想法，跟 BLOG 的想法，真的是没有什么不同。

啊，得意。

当时自己正沉浸在一种，每个人都有一颗心，所有人都被珍惜得不够，的煽情想法里。并且有一种，矫枉过正的，反英雄主义的倾向。当时的出发点大概应该是这样的。

但是现在怀疑，自己在某层意识里，也许受了一个小时候读过的小说的影响。八六年或者八九年的一本《当代》上面，有一篇陈染的小说。名字真的想不起来了。但是恍惚记得好像是五个字。主人公叫罗莉，她在一个小镇上，开了一家帮别人保存记忆的小店。后来当然她疯了。

小时候被那种阴郁的气氛给魇住了。

读那破书读出毛病来了

2004 - 07 - 28

二姐打电话,讨论科学工作者的人格结构问题。

大概倾向于认为,科学工作,如果不是说,注定要对完整人格造成不可逆的损害,那么也一定是,对人的信心勇气、承受孤独的能力、抵御诱惑的能力,构成严峻的考验。

我读那破书读出毛病来了。

这两天神情恍惚,而且觉得很累。

我跟我姐说我要挂电话整理人生去了。我姐暴笑,抓住我说,整理人生这个事情,怎么做?

把电视电脑都关了,在床上瞪眼睛干躺。

然后想一下自己在宇宙中的位置,在时间中的位置,在自己的生命曲线上的位置,在这个曲线上的这个点的各种参数,这些参数的实际意义这条曲线的美感孤独感;

然后想一下自己的合理性,自己现在成为这样的遗传因素,早期经历因素,近期偶然因素,所有这些因素的不归我管我不负责就算我应该负点责我也不应该内疚悔恨因为那样对现在和将来一点帮助都没有；

然后想一下自己将要做的事情，近期目标，远期目标，人生整体目标，所有这些目标的挑战性可行性合理性，还有它们的经济价值审美价值实用价值心理价值，所有这些性质跟价值的自欺欺人性以及这自欺欺人的难以避免性。

最后想一下晚饭吃什么的问题。想好之后，执行它。

不远万里来看你

2009.7《南方人物周刊》

去年夏天,我去了一次上海。我的工作不导致任何出差,我也不喜欢旅行。我去上海,只是为了见朋友。我高中时的最好朋友,从美国来上海开会。临时起兴,机票几乎没打折,这让我越发觉得自己是个浪漫的人。

泡了一天,从午饭吃到晚饭。大厦里的空调太冷,我说要买条裤子,她说,我给你买吧,我现在傻有钱傻有钱的。我说好吧。觉得很幸福。同学见面,最紧张的无非就是这个。但凡有一点不信任,她都不会说出这样的话来。

人年纪大一点,有许多年轻时候想不到的福利。其中一个就是,有了老朋友。跟老朋友见面,他/她有了自己的故事给你讲。两个人对面坐着,讲话,有时急切地解释,有时被猜到了大笑,累了,不说话,可也不是空白。把对方的人生看在眼里,把自己的人生也看在眼里,心里一刻也不能安静,没有歌词的音乐,如果非要说出来,恐怕只能说,哦,生活!

她每年给我打一两次电话,她生日我给她写邮件。

有一年她被恋爱的事折磨,连着打过两次电话,可能。接着她回国,我送了本小说给她。又过两年她又回国,想起来说,那本小说太好了!跟我当时的感觉一模一样!我借人人就没还我,你不生气吧。她说我,你别写了,我不是说你写得不好啊,就是我觉得你太累了。过两年她说买了房子,给我发了一组照片来,她的厨房,窗外的松树与草坡,她男朋友,还有她的狗。有一回我问她要近照,她发给我,和男朋友去滑雪时候照的,戴着巨大的防风眼镜,只看到两排雪白的整齐的牙,好像外国人。

有一回她问起,我发了自己认真在写的东西给她,觉得很不好意思,跟她说自己写得不是很友好,看不下去没关系的。过了几个月,她打电话来说,太好了!我不懂啊,所以不知道你写得好不好,可是我真是太高兴了,我觉得我完全知道你在说什么!这么多年了!

高中毕业13年了。这13年,我们事实上共处的时间,可能也就一个礼拜。

6月底,她打电话来,问我7月份有没有可能回长春。我说你是要结婚了么,她说两边老家先吃个饭,秋天回美国再领证。我说我5月份刚回去,打算中秋再回。她说没关系,你要是来不了,我们俩来看你。我说你算了,结婚这事忙死人,广州特别热。她说那好吧再说吧。

两个小时以后我挂了电话,有一种永远也活不够的感觉。

人生，诗意还是失意

2007.6《南方人物周刊》（被要求写高考作文）

小时候家里有一本《唐诗鉴赏辞典》，我特别喜欢，没事就拿来看，一看看一下午。后来就被我爸注意到了，他用那种特别适合被事后写成作文的标准父亲的态度跟我说，孩子，悲诗哀歌，不要多看。

我赶紧说，我看的不是杜甫不是李商隐，我看的是李白白居易。我爸就没理我了。

现在想起来，李白白居易，哪里就是欢乐的了？

"停杯投箸不能食，拔剑四顾心茫然。欲渡黄河冰塞川，将登太行雪满山。""万里悲秋常作客，百年多病独登台。艰难苦恨繁霜鬓，潦倒新停浊酒杯。"我当时是个中学生，没经历过任何像样的挫折，自己每顿饭都吃得很香，但是专门喜欢这些愁得饭都吃不下去的调调，这真是让人费解的事。

后来语文课上学到屈原，又学了点粗浅的文学史知识，明白了失意文人这事儿，几乎是个传统。

又过了好些年，我对人生这档子事有了一些切身的感受，同时一不小心歪打正着开始了文字工作。我爸特想我做回理工科,我说,爸,有话想说写一写又有钱赚,有啥不好呢。我爸又一次以那种仿佛有无数人生经验在背后支撑人生早已看透少年人的心事我还不明白一切尽在不言中说了你还当是笑话但是你日后必定会想起来还是老爸说的对的态度,说,孩子,文能穷人啊。

我果然牢牢地记得了这句话,并且果然地想起了他从前说的,悲诗哀歌的话。然后注意到,悲哀的诗歌和悲哀的人生之间,似乎有复杂的因果关系。以至于让人想要怀疑,是强作愁的愿望制造了愁,是舞文弄墨的习惯败坏了本来开心就好快乐中国的幸福人生。

当然,我爸的语重心长和我的过后反思,都没能阻止我继续写烂稿。因为我知道,即使我不写出来换钱,那些思虑感怀照样还会占据我的脑袋消耗我的生命。我不可能阻止我的感知系统奔着文字化的方向一往无前,我也不可能阻止审美的倾向自然地浮现。诗意和美感提供了一种形式感,这形式感缩小了信息的存储量,让人可以在焦虑中短暂安顿;这形式感也可以玩味,让人把现实装进金鱼缸,伤害便有了缓冲,生活显得可以承受,甚至偶尔让人陶醉。

其实我知道怎么回答我爸——我有机会细看的人生,不管诗意不诗意,就没有不失意的。人生本来就悲哀,怪不到诗歌头上去,愁苦终穷在先,长歌当哭在后,这次序是没错的。但是我没说,因为我觉得我爸都明白,活了那么多年,这一点诚实只怕还是有的,只不过心疼自己孩子,难免存一点侥幸。

头发的故事

2007.3《南方人物周刊》

和很多女人一样,我非常喜欢折腾头发。这件事情总是遭到我姐的批评。她的结论是,我的头发每每长得不那么难看了,我就肯定又忍不住要去理发店把它搞坏。她说我无法与好发型和谐相处,我的头发始终是从负数向零挣扎。

我姐灵牙利齿,而且她比我还关心我的头发。我暗地里以为这是病态的。有一次我头发剪得太短了,她气得抓狂,最后逼我发誓说,如果我在她没允许的情况下又去剪头发,她(我姐本人)就不得好死。这实在是可怕的誓言,我从此丧失了对自己头发的完整主权。每次坐在理发店里,我脑子里都在盘旋,我姐会怎么说?

前一阵子,在短发留长的漫漫转型期里,我终于碰巧路过一个被我姐赞赏发型。但是头发它是一种多么有原则的东西,它总是长,不停留。头发啊,请停一下!头发简直就像时间一样,就像生命一样,奔流不息,片刻不停。头发一长,我就又不安分起来,想着要怎么办呢,剪短它,忍着继续留,烫一下?

我姐自然看出了苗头，她说，小昭，听姐的没错，你就剪回原来的发型，千万不要再胡搞了。我只能应了，我像一个结婚多年的丈夫一样不想和她争论。

　　但是我去理发的那天，天气实在是太好了——这个理由肯定不能说服我姐，虽然她本人比我文艺得多，对天气敏感到了令人发指的地步——雨过刚晴，非常明净，风很大，呼啦啦响，仿佛空气中有什么东西在招展一样。风里没有一点尘土，满怀的温柔。天气实在太好了，像我们北方家乡的五月。我在去理发店的路上非常空洞但是非常诚恳地想，活着真是很不错呢，能吹到风，能感觉到风。这生活值得热爱。

　　我坐在镜子前犹豫了。如果剪回原来的样子，那就实在太安全也太乏味了。我开始假想跟我姐辩论（其实她是不屑和我辩论的，我知道只要我没搞回原来的样子，她就会直接说，难看！判了死刑就不再解释）：

　　——不要以为坚持乏味就是酷，乏味就是乏味，老也不变化就是乏味，头发这种东西，反正搞坏了它也还会长好的，总有新的余地，这有什么可怕的呢，做人要勇于试错嘛！

　　——但是你以为试错是不付出代价的吗？你顶着难看头发等着它长长的过程中，你的人生就已经过完了。最后你死的时候会伤心地发现，你是在等待头发变好看的难看发型中度过一生的！

　　——可是，即使是那样，我也不希望我死的时候发现，我一辈子都顶着同样一个被认为适合我的发型不敢改变！那简直和没长头发一样！那简直和没活一样！

像青春期一样寂寞

2006.6《南方人物周刊》

我几乎不认识果园,不知道他身份证上的名字是不是真的这样写。

我认识的一堆编辑记者,他们有一个号称最专业的业余足球队,每周在广州四处流窜找场地,踢球。我和他们中间的三五个人,关系很好。

2006年元旦,1号或者2号,晚上挺晚的,他们打电话来找我去喝酒。听着电话里的声音,他们已经喝了不少。我到的时候,看到了一大桌子的男青年以及某一名男青年的女朋友。其中两个人我不认识,有一个就是果园。他们说我们是东北老乡,要喝一杯。我也不记得我们喝了没有。

我这样回忆的语气,仿佛果园出了什么意外一样。其实没有。果园不过是要回北京了。他们说他回北京,我觉得挺意外,因为我印象里他是从长春直接来广州的。那天很快就散场了,我和果园一路,坐同一辆出租车,就聊了会儿天儿。

他话少,我问一句他答一句。他和女朋友一起来的,他们在广州没什么朋友。有一天他路过天河体育中心旁边的足球场,看见我的朋友们在踢球,看了一会儿就一起踢了,就认识了,再踢球就叫上他,就一起吃饭了,就朋友了。

这个相识的过程让我印象深刻。我后来又有两次看见他,立刻就叠出这样一个情景:果园站在球场边上,看着我的朋友们踢球,他想要上场去踢,但还没有去踢。我在出租车上听他讲这事的时候,已经虚构出了这样一个画面。这个画面让我印象很深。比很多真的看到过的场景,还深还真。

第二次看到果园,是足球队跑到我们家门口踢球。我就过去看了一会儿。他守门。我站得挺远,连招呼也没打。据他自己说,他并不擅长、之前也不是特别喜欢足球。他好像说过他就是觉得这一帮朋友挺好的。

第三次看到果园,是在报社附近。下小雨的晚上,我吃了晚饭在街上逛,一个人从身后拍了我一下。一看,三个足球队的家伙,其中一个自然是果园。他们穿着踢球时的短打,说是踢完球去打台球了。我心里就想,怎么像上世纪九十年代初县城里寂寞的高中男生一样。三个男人走得比我快一点,但其实还是很慢。我看他们走在路上互相也不说话。就更像高中生了。

除了在我家旁边那次,我还看过一次他们踢球,就是在果园说的天河的那个足球场。再也不看的原因是,十几个三十岁左右的男人,在球场上奔跑,那场景像青春期一样让人感到寂寞。可是因为果园,我却觉得整个人生都寂寞。或者整个人生都潜伏着一个不会离去的青春期。

逃亡路上

2006.3《南方人物周刊》

MSN上有很多文字工作者。根据大家无事不闲聊的默认规则,他们平时都很安分,亮着小图标静静地在网上陪伴我。但是有时候,他们会异常活跃,没话找话,不管我提起什么他们都兴致昂然。我根据自己的经验,判断说,你是不是应该写稿而不想写稿?十之有八九,我猜得是对的。

于是我得出一个鲁莽的结论,一个人在必须工作的时候,他/她对工作以外的一切其他事情都很有兴趣。后来我又得出一个更鲁莽的结论,人生,人生它就是在逃避梦想的途中展开的啊。

经过可能不是特别彻底的自我分析,我觉得,把我塑造成今天这样一个性格的、让我走上今天这条生活道路的,有两个基本的动力,一个是恐惧,一个是渴望。然后后来,我发现,我的诸多恐惧中,长期压迫我的一个特别难以克服的,就是对渴望、对梦想的恐惧。

渴望就是,大概早晚都是,要使得什么人或者什么东西,对你拥有某种权力吧。可能隐秘地直觉地早就嗅到了这个不安全的气味,然后就恐惧起来、逃避起来了。

然后还有比较具体的,在接近梦想的途中,还会有一种畏惧困难的恐惧,还会有一种懒惰混合在里面。比如简单地,不想写稿,不想工作,在工作之前一切准备就绪之后,总忍不住假装泡一杯咖啡,实际上跑到别人的座位那里说起了八卦然后说,哦今天天气好好哦不如我们出去玩吧。然后就觉得如果不出去玩那可是辜负了大好阳光大好青春辜负了整个人生,工作,工作有什么了不起呢。

然后,真的,就出去玩了。然后那玩,不管是逛街买新衣服看电影喝茶喝酒唱 K 会朋友,总是真的,货真价实地,被写进了人生。很显然,它就是真实的人生啊。而且这真实的人生它确实,也很不错呢。

你渴望完美婚姻,所以特别害怕结婚,所以谈好多好多场失败恋爱其实人生过得也很精彩;特别想要做艺术家,因为害怕做不好害怕被批评,所以有特别多的自我审视所以不小心成了艺术评论家;特别想追一个姑娘但又害怕,所以就老去跟她的女朋友搭讪最后和该女朋友日久生情⋯⋯这种事情说起来似乎并不罕见,仔细去琢磨我们做决定时候的内心冲突,恐惧在干吗、渴望又在干吗,事情还是挺清楚的。多数时候,就是恐惧和渴望协商之后的抉择,在塑造我们的生活啊。

执着于梦想、直奔主题,当然是好的,让人激动,值得赞赏。可是人们在逃避梦想、同时也逃避恐惧的路上,其实也还是发明出了相当丰富多彩的借口和旁骛。有一句很可恶很粗暴的话,说女人的爱情,就是要把强奸转化成做爱。比较一下强奸和做爱,又会觉得直奔主题也不大好呢,兴许非得绕着圈子玩儿,才能绕出参差百态、幸福本源呢。

偶然的东西

2006.1《南方人物周刊》

1998 年底,我订了一张机票,票务公司送了一个日志本。深蓝色的皮,右上角用很小的字朴素地写着 1999。打开来看,里面也没有任何花哨,只是在每个月刚开始的时候,插了一个闲页。闲页上印着冷冰川的版画,底下配一句诗。12 个月里重复出现了博尔赫兹、惠特曼、庞德、聂鲁达、西川和张枣。我还记得一句张枣的诗:我四处叩问神迹,只找到了偶然的东西。

这个小本子对我来说,就是一个偶然的东西,承载了偶然的信息。那票务公司其实非常小,没两年就倒闭了。所以我就猜想,某一个小广告公司,或者小设计公司,里面隐匿着一个非常抒情的人。或者这公司老板的一个文艺侄女,随手帮忙做了这个小本子。或者老板本人,就是一个投身于火热社会生活的,前诗人。这小本子让人浮想联翩。

1999 年早过了,那本子一直空着,躺在抽屉里。我每次收拾东西看见它,都遥遥地对着我臆想中的那个文艺爱好者,深深地叹上一口气。就像远远地举起一杯酒。

以前我住在北京北五环以外的"上地"。小区门口曾经有一个小饭馆，从装修到菜式到服务员的着装，样样都很平常。只是饭桌上摆了一个小牌子，上面没有写水煮鱼和手撕鸡的特别推介。它是一个文艺小牌子：一面是一首七言律诗，大意是说你来吃饭我们很高兴；另外一面是篇小散文，回顾了"上地"这两个字的来历，以及这个地方的历史，一直追溯到元朝。结尾处，这位民间余秋雨深情地写道：时间的沙漏合上了先人的日记……

我曾经路过一个博客，作者是某个文学出版社的编辑。她说自己每天接到很多奇奇怪怪的投稿。我就猜想，作为不再偶然的日常工作，编辑姐姐会不会对每一个神秘的作者，都怀有想象和虚构的兴趣。那样恐怕要累死。不像我们，每次邂逅一点偶然的东西，都可以肆意多情，模拟出一颗敏感多思的心。

我曾经坐过一辆出租车，司机不听广播，他放甲壳虫；我曾经去过四五个县城的新华书店，都齐整地摆着《鲁迅全集》，然后在某个角落里有一本《百年孤独》，或者《追忆似水年华》；还有我坐过的所有火车，广播词都写得相当华丽……毫无疑问，这世界的各个角落，都隐匿着不同水准的文艺爱好者。地球上到处都是默默开放的花，而我们只是偶然地，在飞驰的火车上，看到铁轨旁的那几朵。

老了以后我们一起喝茶吧

2005.10《南方人物周刊》

对一个人的喜爱之情无以复加难以表达的时候,我通常会说,老了以后我们一起喝茶吧。据说这句话听起来非常肉麻,天知道我说的时候都是真心的。

关于老年一起喝茶的这个理想,最早是我大姐在邮件里写出来的,范围只限于她和我二姐还有我:"将来要有个院子,院子里种上一棵苹果树,再一棵枣树。我们一定要在北京有个院子,又种树又有长条凳子。等咱们仨人到老年,风度翩翩,在美好的傍晚,坐在院子里谈笑风生。"

后来我们就经常在假想中邀人来我们那个未来的院子,后来我们就经常列那个未来一起喝茶的名单。就好像每个人都巴巴地渴望着被列进来似的,真是又自大又愉快。

肉麻一点说:所有那些在生活轨道里已经分开、将要分开的人,所有那些在生活秩序里将要变得没有关系的人,所有那些将让我们感慨缘分不给面子的人,想起来就想要叹上一口气的人,我和他们有一个秋风飒飒的约会。在跟死亡的那个最煽情的约会之前,我还和我所爱的人们有一个小小的温情的约会。

简直看到了那一天的树叶子悠悠悠地,飘下来。茶水里的茶叶叶子,悠悠悠地落下来。

前些天我回家看望爸妈。因为某种古怪的原因,他们和我姑姑姑父、叔叔婶子住在一个院子里。院子挺大的,没有树,但是种了很多农作物:豆角茄子黄瓜西红柿胡萝卜绿萝卜红萝卜大白菜小白菜芝麻向日葵⋯⋯我回家的时候,正值草木摇落变衰,妈妈就叹息我没能吃到新摘下来的小黄西红柿,简直是人生最大的错过。唯一剩下来还可以继续享用的,就是向日葵们的果实。

有一天上午我起床之后去我婶婶的房间,看见她和我妈我姑一起,一边聊着天,一边正在剥瓜子——把瓜子从葵花盘上剥下来。她们正在讨论今年的地瓜。今年的地瓜不好吃,雨水大了。她们都是年轻时候做过农活的人。她们年轻时候如果也相约过晚年,约的也许就是一个菜园子吧。

那一天我站在门口想起了好多场景,好多我记忆中的年轻时候的我妈我姑我婶。我所记得30岁到60岁的她们,和我记得的30年的自己,加在一起差不多就是一个人的一生了吧。

向日葵盘一朵一朵的,沉甸甸的。北方秋天的阳光金灿灿地照着,窗外那些仍然泛绿、正在枯黄的植物,在风里弯着,有冰凉的、隐忍的风骨。我想神可能并无恶意。

我们最精英

2005.9《南方人物周刊》

前两天收到一封邮件，是大学低班校友发来的，要调查我们毕业之后的经历，发了个问卷，说是还要出个系刊叫做《萍踪侠影》。

不知道是不是所有的人群都这样，反正我们系里是这样：人们倾向于夸张每一个人的经历和性格，用尽编剧才能，把他们说成传奇，并且在后面的学生中间越传越奇。这个氛围非常蒙蔽人，一直到大学快毕业，我才痛心地发现，其实我们都很平常，并且越来越平常。那时候以互相吹捧的方式塑造青春群像，现在看起来倒更像是一场集体自恋，说起来有点让人难为情。

在删除问卷邮件48小时之后，ZX上线了。ZX住我对铺，是个害羞的女同学，人多的时候说话都会结巴，私下稍微好一点，不过仍然容易激动。不记得是什么样的起因，我们俩经常互相讲一些家乡的故事，大人们传说的故事。那些故事都是真的，是我们做学生那么多年偷听来的社会现实。故事里都是一些丑恶的东西，肮脏的东西，我们经常很愤怒。

那是九年以前，政治冷漠的废墟之上经济热情疯涨，大家真心假意地都觉得,主观为自己客观为社会,拼命赚钱才是最有胸怀的智慧。我们两个大一的女生,怯懦在机会大潮之外,以一种来路莫名的草根精神,交流某种不合时宜的愤怒,消费着也许可以被诟病的道德优越感。后来看《玻璃之城》,一边自大地判断学生运动为幼稚,一边却被那句台词打动,我们最精英。我们最精英,这是我和 ZX 始终无法启齿的一句沉默的台词。

大三以后我出去住她忙着恋爱,见面都变得有限。生活还有那么多别的内容。可是朋友之间曾经抵达的亲密,就像学会了游泳或者骑自行车一样,多少年不温习,也不会荒废。毕业之后四年,我们见过两面,都是极冷的冬天。她在研二之后突然变得神秘,经常回老家去,手机总是打不通,后来传说是在那边的一家公司做兼职。他们说她赚了很多钱,我想我也并不了解全部的她。

ZX 上线的时候我们已经一年半没联系。我逼问她到底人在哪里,在做什么。她吞吐很久,终于说她住在山下,在山区办了一所小学。她说不过赚工资,压力很大,就怕哪一年拿不出那些钱来。我停了下来,非常跳跃地、无端多情地,想,我们这些主动否定革命价值的人,度过的是什么样的青春。

八十年代的新一辈

2005.9《外滩画报》

　　去看了《红颜》。很多人把这个电影和《孔雀》和《青红》放在一块儿说，看完以后觉得还是很不一样。都是小镇上的家常布景，都有一个无法把握命运的女主人公。只是《红颜》里的小云看起来并不压抑，也不极端，也不憋着疯狂，也不显着委屈。她有一点生机勃勃的泼辣，以至于整个电影都增添了一点点四川式的略带狡黠的喜乐。悲剧的命运内在强大，看着轻而模糊。显得挺自然的，也挺有节制的。

　　如果一定要说这几个电影有什么共同之处，那就是它触到了我个人的记忆。我是七十年代的人，记忆从八十年代开始，在九十年代繁荣。在那十几年里，我们全国各地的人民，过着异常相似的日常生活。大江南北的人都在自行车上绑彩色塑料绳，城市农村的人都在墙上贴小虎队的海报。所以我们有非常统一的集体记忆，简直就像大合唱一样，统一而且响亮。

　　结果这些电影的服装和道具，倒是显得比故事还更有感染力了。比如《红颜》里面中学生跳集体舞时候穿的红色背带裙，跟我们中学时候穿的一模一样。我看着那裙子就进入了普鲁斯特瞬间，一个恍惚涌出了无穷多个中学时候的画面，还有那时候的阳光和风、课间操的广播和空气的温湿度，跟着画面它们完整地扑上来。那是我生活过的年代啊，那是我生活过的世界啊，几条红裙子就给了我这么多的感慨。

红裙子和黑板报们言之凿凿地向我证明、那正是我生活过的世界的时候，电影里的那些故事，那些成年人，又让我觉得那么陌生。我记忆中保存的，是一个儿童视角（接着是一个少年视角）所看到的世界。她看不懂那些情欲的冲动，那些命运的挣扎，还有那些被压抑东西怎样以光怪陆离的方式得到表达。所以她也不记得那个世界有这些。所以我在下意识里经常误会，那些成年人的东西，这个世界的复杂纵深，是在我发现它们的时候才出现的。现在这些电影，它们再一次提醒我，这个世界始终繁复艰深，这个世界任何年代里生活的人，他们都是用尽全力地活着，活得思路曲折、心灵丰富。

这是一种奇妙的感觉，想象一下自己是八十年代的青年人，唱着"这个世界属于你、属于我……"，然后那个真正的幼年的自己，她就躲在你歌唱的那个房间的门后，扒着门缝望着你。

如果记忆是一卷全程的录像带，我们还要另外一整辈子才能看完它。所以我们遗忘，遗忘是我们继续生活下去的前提，它代表我们从伤痛中痊愈的能力。所以遗忘和痊愈它有一种背叛的味道，我们乐观地活着，难免就显得有点无耻，有点没心没肺。然后，在这没心没肺的生活里，我们偶尔地看一下跟自己记忆串联的电影，拜访一下那个我们当时没能看清楚的世界。然后时间和时间并置，然后那个世界和这个世界并置，然后你觉得，哦，多么丰盛，哦，多么虚妄。

极端版本

2005.8《南方人物周刊》

看《过把瘾》的时候，年龄还小，觉得杜梅这个无理取闹的人缺乏合理性——她闹来闹去的动力是什么呢？长大以后，发现杜梅是个极端版本，很多女人心里都住了一个：她们都有用刀逼迫一个男人说爱她的冲动。忿忿不平的男青年说，这种行为和男人强奸女人有什么区别呢？还占尽了道德上的优势，以爱的名义。

这对称的说法让人觉得，如果一个男人必须学会控制自己的性欲，一个女人也必须学会控制自己对爱的付出和索取。不管是爱还是性，是情感还是欲望，都必须用理性来管理。这结论听着清爽，却也让人无端沮丧。好在方言终究还是爱杜梅的，不过这只能说明当年的王朔还很纯情，无法如实地写一个真正的悲剧。

前两天晚上，我吃了饭在小区里散步。月亮是嫣红的一个，很多狗此起彼伏地叫。不太亮的路灯底下人影幢幢，他们不认识我，我也不认识他们。一个念头无端涌起，清晰强烈，我可以并且应该，就此离开，不再回来。

大学的时候,我经常在回家的路上遇见一个"疯子"。那是一个长得有点胖大的男人,看不出年龄。每次遇见他他都正急走在路上,嘴里念念有词。骑自行车路过的时候,偶尔听得一两串发音,可是就像外语一样什么也听不懂。秋天的时候他会加一件深蓝发白的旧外套。裤子永远有点短。有一次我看出来他的头发是新理过的。我回家的那条路上树木高大,人迹稀落,常有傍晚的余辉让人惆怅感伤。不知道疯子的家人是不是每天下午都在担心,他走了以后就不再回来。

在伦敦的时候,公共汽车上遇见过一个不幸的女人。很瘦,长头发枯黄凌乱。她在上台阶的时候绊了一下,手提包掉在地上。纸巾、钱包、笔记本、手机掉了一地。女人就势坐在公车地上,把包里的东西继续往外扬,一边扬一边哭喊,"I hate this life! I hate myself! I hate this life! ……"我坐在离她不到一米远的地方,很想帮她把扔出来的东西捡起来,可是被一种疯狂的气场魇住了,一动也不能动。

在那个红月亮的晚上,在出走的幻想中,我有点贪婪、又有点惊恐地,感受到自己的疯狂。可能是为了逃离,我想起几个听说过遇见过的疯子,发现他们都是某一个我的极端版本。正如某种理性始终护佑,某种疯狂也从未离开过,我的内心。

当你孤单你会想起谁
2005.8《南方人物周刊》

　　有一天吃饭点菜的时候,我意识到,我可以决定自己吃什么,我可以知道自己吃的是什么、吃了多少,可是我不知道那些营养和残渣,它们到了我身体的哪一个部分,引起了我什么反应,带来了什么后果。

　　H是一个我认识一小下、但是与我生活无关的人。就好像你偶尔注视过的一片树叶子的那样一个人。我最近经常想起她来,可是我不理解为什么会这样。大约这事情和吃饭一样:你认识一个人,经历一些事,这中间你可能做很多决定,以为很了解自己要什么、将会得到什么,可是到头来你并不能真的知道他/她会留在你记忆的哪一层,会在什么时候浮出来,会怎样影响你,会在多大程度上,塑造你、改变你、成为你。

　　总之一句话,我不知道自己是如何运行的。

　　三年前我快要离开伦敦的时候,在宿舍的厨房里遇见了刚搬进来的H。她说她叫 Henrynett,不过大家都叫她 H,从东柏林来——你知道,和你们中国,有些东西是一样的。我还记得她这么说的时候语气有点夸张,然后又因为夸张而难为情地笑了一下。

后来又遇见过两三次，我大概地知道了她的一些事情：订婚、分手、刚从前未婚夫家搬出来、学中世纪文学、给学生俱乐部做夜间保安、想去美国、正在申请去出版公司做实习生。

我们作息时间不同，只遇见过那么两三次。有一天傍晚，她无端地邀我去她房间。窗台上有一件织到一半的绿毛衣，还有一个相框。她指给我看，这是我爸，这是他妻子，这是他们的儿子，这是我妈，这是她男朋友，这是我哥，这是我哥男朋友，他很帅不是么，他们真的非常相爱——哦，我也要谈恋爱。我记得她说完这话叹了口气，然后扑通一声仰面躺到了床上。

后来 H 就消失了。再出现带了个男朋友，每天在房间里不出来。我走的那天，已经要出发了，她敲门：穿着睡衣，背着手。伸出来：一条普通的细细的没有坠子的无色金属项链，盘在手心里。

后来我就回来了。我和 H 的全部交往，加在一起可能也不超过三个小时。我像留着伦敦那些地铁票一样留着那条项链，可是从没戴过。我也想不到自己三年以后还那么清楚地记得她。前两天回家的夜班车上放《当你孤单你会想起谁》，我才意识到自己当时正想着 H，想着她偶尔在她淡黄色的头发上插的那朵硕大的浅紫色的绸子花。

人格的形式感

2005.8《外滩画报》

李宇春说,我很酷,同样我也很温柔。她把丑改成了酷,更把"可是"改成了"同样"。因为酷和温柔之间确实没什么可矛盾的,用不上那个"可是"。在一般人的预期里,外在的酷从来就暗示着内在的温柔,外表冷漠的后半句从来就是内心狂热。可以说是一个硬币的两面,不过似乎更像是一个原子的构造:里头是带正电的原子核,外头活跃着那些带负电的电子们。是分离,是均衡,一种形式感。

我们通常说的人格魅力,去掉那些以道德高度或者智力高度取胜的人,可能特别多时候就是一个形式感。一开始你要与别人不同,能够被从人海中辨认出来,这时候别人是反衬你的背景。之后你要让那些关注你的人感到你有内容可以被阅读,故事讲起来里面有曲折,包裹抖出来里头有惊喜。这时候你自己要做自己的反衬,你要够丰富、够复杂,甚至够矛盾。传说中的性格张力,大概就是这么一种东西吧。

表里如一是美德,也在某种程度上也形成了均匀的质感、温和的形式感。对比和转折通常更能吸引人,对凡夫俗子来说,没有转折没有起伏的东西让人无法深入,感到乏味。

麦当娜今年四十七岁,穿得像个英国贵妇,头发也处理得像格蕾丝王妃,在古老的庄园里骑马喂鸡。人们看到了平静、高贵的麦当娜,背景里自然地就衬出了,从前那个"脱得过了头"的软性色情女明星,那个在娱乐圈刮起"物质风暴"的女歌手,那个佩戴圆锥形金属胸的女教主,几乎被符号化了的麦当娜。在这样反衬之下,麦姐的平静回归才带有一种生命自由驰骋的气息,才有一种人格复杂矛盾却又浑圆完满的形式感。

据说安吉莉娜·茱莉是最有可能做美国第一任女总统的人。就在两三年前,茱丽给人的普遍印象是"绘有文身"、"有双性恋取向"、"吸食海洛因"、"和兄弟乱伦"、"把丈夫的血挂在脖子上"的疯狂女人。现在,除了做了金童玉女的第三者,她的公众形象里几乎没有任何叛逆的影子了。实际上,她简直太正了,她做联合国的慈善大使,她收养柬埔寨的孤儿、爱滋病遗孤,她还投资 500 万美元用来保护柬埔寨的野生动物。当然从道理上讲,脖子上挂着别人的血和胸腔里长着一颗充满人道情怀的心,这两件事情本来也没什么可矛盾的。但是这一里一外并存在一个人身上,还是大大地超出了人们的预期。

安吉莉娜·茱莉收养柬埔寨孤儿的时候,脖子上正挂着那一小瓶耸人听闻的血。麦当娜在时间的序列上演出了不同的角色,茱莉却是同时地保持着性格的复杂和矛盾。她自己好像也知道大家是怎么看待这些的,很可能自己审美过之后也颇为满意,她说,"是的,我经常有一些黑暗的想法,因为我比谁都热爱生活。"她说的不是"可是",也不是"同样",她说的是"因为"。

风筝与火焰

2005.8《南方人物周刊》

二姐是学生物的,一直读到博士,应该算是我们小时候都梦想过的科学家。她同时是非常文艺化的,很敏感,心里长了很多小手。她对待生命的态度,好像比我这种所知甚少的人,更加焦灼。

有一回,我非常人之常情地情绪低迷,正赶上二姐打电话来。二姐虽然完全理解,但是说多了难免不耐烦。所以最后她冷不防地突然说,小昭,别无聊了,你想想这些情绪的物质基础吧!

那天下午,二姐用两个小时的越洋电话,帮我复习并升级了从神经弧到内分泌的生物知识。我当时恍惚认为自己全都听懂了,不过很快跳出知识逻辑的层面,非常文艺地觉得,自己就是大自然的一部分,就是宇宙的一部分,和一片树叶子一样,都是由那几种基本粒子构成的。这样的感想可能类似虚无,但是与虚无有所不同。总的来说,我想到了毛主席还是列宁的一句话,他说,真正的唯物主义者是无所畏惧的!

但是——事情似乎总是这样的——但是研究着物质基础的二姐,她其实比我保持了更多的对生命之谜的敬畏。她最近告诉我一种她认为并不严谨却新鲜有趣的理论,说想法(mind)这东西,它只有时间性,没有空间性;而身体(body)这东西,它是既有时间性,又有空间性的。也就是说,人的想法和人的身体,这两种东西在属性上就是非常不同的。我以为这个理论听起来简直像我们古代那些概念模糊的名人名言一样,非常地不物质基础,非常地不科学。我正要质疑,她又说,你相信灵魂吗?

我在很多时候觉得,灵魂真的好像超越了肉身一样,真的好像是自由存在的一样。我也听说过灵魂有21克重这种说法,但是其实我并不相信灵魂,或者不相信它是神秘不可解的。我的唯物主义信念因为初级和粗糙反而根深蒂固。我其实还是相信,灵魂它也是有物质基础的。那种感觉就好像,灵魂是我们的肉身放到天上去的一个风筝。它们是有关系的,但是你经常就以为,它们是没有关系的。

二姐到底还是科学家,在打比方的时候也比我严谨,她说,或者更像是火焰吧。你知道,不同的物质烧出来的火焰,颜色是不一样的,温度也不一样。身体与灵魂、物质与精神,它们的关系比你想象的,可能还是要更密切一些。

医疗广告的现实主义

2005.4《外滩画报》

　　有时候我会想，如果一个人，他全部的知识都来自电视，那么他所认识的世界，或者他想象中的世界，是什么样的？设想他看的电视节目足够地多和繁杂，设想他的推理、演绎、纠错能力足够地强，那么我想，这个电视人的世界图景，未必就比"深入生活"的人描画得更为离谱。因为其实电视里包含了各种相互矛盾可以互相矫正的东西。

　　有一天看韩剧《浪漫满屋》，宋惠乔在里头漂亮得要命，心灵也纯洁美好得要命，她的生活也童话得要命——就是那点小烦恼小矛盾，也都是好人和好人、善意和善意之间的烦恼和矛盾。正看着宋美女扎着两只俏皮的小辫子一边洗碗一边想着爱情心事——镜头是一个四分之三侧面的脸部特写，没有毛孔的一张脸，天使在人间的情景——正沉浸地这么看着，转播的地方台插进了广告。

　　医疗广告。丑陋的医疗广告。某综合门诊，专治各种男科、妇科疾病；又一专家门诊部，治疗各种不孕不育；又一诊疗中心，引进最新韩国技术，改脸型，抽脂，光子嫩肤，共振丰胸。这些广告其实拍得有点逗，有时候也想弄得文艺点,比方说治疗不孕不育症的那一个,一开始还说些"她把生活打磨得像一颗完美的珍珠"之类莫名其妙的话,让你猜想某个小烂广告公司里隐匿着一个怀才不遇的文学青年。但是该文学青年美化现实的努力很快就被打断了,接下来是"某某桥东几百米某某大厦对过三楼"之类听着就很不靠谱的漫长地址。

如果不是重复播放的次数太多,医疗广告这种东西也不难看。或者广告这种东西本身它就并不难看。广告要卖东西,涉及到钱,往往就都会和一些最实在的东西挂钩。比方说医药广告、美容广告,它们总是最不难为情地指出人们生活中一些真实的烦恼,然后声称自己可以帮你解决这烦恼。在满荧屏的电视男女都健康美丽风度翩翩的情况下,这些突然被插播进来的青春痘啊、赘肉啊、脚气啊、痔疮啊、腋臭啊、性病啊,这些东西,它带有一种"欢迎回到现实世界"的嘲讽表情,同时也以现实世界的塌实温暖减缓了那些乌托邦梦境带给我们的压力。

不过当然,对医疗广告的这种欣赏是非常曲折辗转的,它基本上完全不符合人们自发自觉自愿的娱乐情趣。所以即使我们可以说医疗广告在电视节目中具有伟大的矫正功能,我们仍然必须承认这些广告是经常让人感到不堪的。就好像我们虽然全都知道浪漫爱情轻喜剧它实际上从来不在人间那么纯粹地发生,但是我们还是很乐意消耗时间和心神跟着帅男美女做甜蜜的好梦。这两样东西在电视里搅在一起,仔细想来也没有那么矛盾。或者对现实世界不够完美的理性认识和我们对美好事物那贼心不死的永恒向往,这两件事情本来就是相悖相依的吧。

慢

2005.1《外滩画报》

中央电视台在韩剧方面表现得非常有品位,几部最好看的超级长剧,都是它们那儿海外剧场播的。从《爱情是什么》开始,我就觉得韩国的家庭生活剧比青春爱情剧好看。当然家庭生活也讲爱情,但是那爱情都是奔着结婚去的,那结婚都是牵扯着双方家长的,那双方家长又都是实实在在的,满肚子自私自利的小心眼儿,无缘无故的小脾气。家庭剧让人喜欢的地方也就都在这个小上,小而且小得本分,没有任何微词大义的野心。就都是媳妇给丈夫留了一碗汤丈夫给媳妇擦了靴子婆婆又不高兴自己儿子给儿媳妇擦靴子这么大小的事情,小得水滴一样,掉进生活的洪流里就拾掇不起来了。

小而慢。因为一出戏,它总有一个基本的矛盾,总有一个大的结局要在结束之前完成。在韩国家庭剧里面,这个任务基本上就是把剧中的青年男女全都配上对结上婚。但是这个婚姻啊,它都是要靠小事情坎坎坷坷一点一点磨出来的。这样磨来磨去,就显得特别慢。不过其实大伙看的就是它这个慢,小而慢,像生活本身一样细软。

最近在演的《人鱼小姐》，也是两百多集，也是絮絮叨叨。可是我看着不知道哪里都就觉得有我们琼瑶阿姨的影子。后来人家告诉我说，这是韩版的《情深深雨濛濛》啊。我一瞧可不是，被抛弃的妻子的女儿的复仇，复仇出来的爱情，这可不是《情深深雨濛濛》嘛。所以这剧里头的眼泪就多了些，爱与恨也都歇斯底里了些。虽然中间也有些轻松搞笑的对白，也有婆媳关系也有不孕不育这样的日常题材在里头调剂着，但是复仇这东西，对于我所热爱的家庭生活剧来说，它还是过于浓烈了。

　　我最热爱的三部生活剧是《爱情是什么》、《澡堂老板家的男人们》和《看了又看》。头两个的编剧、第三个的原作者金秀贤，是全亚洲范围内我最崇拜的女作家。她在韩国被称作语言大师，其台词的好处，即使是翻成了中文也还是能感觉到。除了四处闪烁些机智俏皮，剧本台词主要还是好在整个语气的放松。一种对故事有绝对把握的放松，对自己的趣味非常自信的放松，然后才能做到该废话就废话，该跑题就跑题。然后废话都废得细润光滑，跑题全跑得让人喜出望外。

　　金编剧讲起故事来，确实也真的做到了松而不散。你觉得她讲得慢吧，可是隔上两集不看，每条线索上就又都出现了新情况、新进展。剧长，人多，所以线索也多。从中随便拣出两个人物来，他们之间就有个关系的，这个关系就是要发展变化的。所以那几家人家的生活，展现在你面前就是一个散点透视的全景，整个全景慢慢移动慢慢推进，每一个空隙里都填充了贴切的细节。人家说现代化的病全在速度，快乐的秘诀全在慢，金编剧的好处大概也在这看不见速度的慢里吧。

中国洞

2004.9《南方人物周刊》

HBO系列剧《六英尺下》里有一个有点癫狂的摄影艺术家，他依赖并且爱恋自己的姐姐，痛恨并且鄙夷自己的父母。然而他认为毁了他人生的爸爸死了。在死者面前，只有爱允许被表达。

心理有疾病的艺术家在追悼的时候是这么说的：我的手上有几张漂亮的照片。第一张，是我五岁的时候，在我们家的后院，我的"中国洞"旁边，我跟我爸爸的合影。（停顿）。我想挖一个洞到中国去。（停顿）。他从来没有告诉过我，挖这个洞到不了中国。他只是陪着我，直到我感到厌烦。（比较长时间的停顿）。那是非常美好的一天。

说完这句话，艺术家抬起头来，看得见他目光清远。那是非常美好的一天。

整个演讲非常动人。癫狂者的克制很动人，仇恨者的温情很动人，美好的回忆很动人，"中国洞"的故事本身，也很动人。

这种挖一个洞到地球另一面去的想法，可能每个小朋友都有过，在他们刚刚了解了一点地球的时候。反正我自己小的时候，是一模一样地,也想到过要挖一个,美国洞。只是我从来没有跟人说起过,更不要说在我家后院挖上一个了。当然我家也没有一个后院可以让我挖,挖洞并且留影,留影以备回忆。

没有这个留影,我也还是记得,自己当初想要挖个美国洞的情形。那时候我上小学二年级,参加了自然科学活动小组。小组活动的时候,有一天,平常教我们数学课的李老师,拿了一个地球仪走进来。她拨弄着地球仪,转啊转地,介绍了一些有关地球的事情。我听了当然是大吃一惊,同时觉得世界原来如此简单,如此一目了然。自然而然地我接着就想,如果美国就在我们的背面,那么我们为什么不挖一个洞到去美国呢?挖一个洞,通过地心,穿过地球,然后像忍者神龟一样,掀开头顶的井盖,看到美国的天空。

可是我接下来的想法,就变得,大概没有办法被美国人所理解了。我真的还记得我当初是怎么想的。因为类似的想法在我的人生中不断地重复,我对它非常地熟悉。我的想法是,世界肯定不会是这么简单,如果真的有挖个洞就能去美国这么简单的事,那么大人们早就都这么做了。快别自以为是了,这个想法肯定不行。不能说,说了只会显得蠢,让人笑话。

那时候我九岁,已经知羞臊,懂礼节,对自己极端地不信任,认为世界上存在着许多高不可攀的权威。我当时认为自己忍住没说,实在是非常地有智慧。这种智慧与年俱长,所以我至今都没有癫狂。让人遗憾的是,保持不癫狂并不是人生唯一的使命。人生的使命应该在于创造。我不是一个有创造力的人,很可能永远都不是。我为此感到羞愧。但是我仍然真的很想说,其实罪不在我。

絮叨

2003.12《演艺圈》

我对看电视有一种顽固的热爱。说起来有点堂皇,但是我真的觉得,电视有点像这个世界的一个比方而电影或者碟什么的,完全都不是。这就好比报纸杂志和小说诗歌的区别,这个区别很大的。

再简化一点,可以说,电影总有点针对人、人性什么的来讲故事,电视却是针对世界的。看完一张碟之后,不管那个故事有多喜庆多欢腾,荧屏上写出一个"完"字的时候,心里总是有些寂寥的。可是不管你是多么寂寥一个人,打开电视,看见史瓦星格咧着一只移民方嘴冒着唾沫的时候,看见他的名门老婆咧着两只名门方颧骨闪闪发光的时候,心里总是会跟着热闹起来的——这帮狗娘养的,怎么这么能折腾! 跟着就坐下来,暖和过来,安定下来。

鲁迅在《野草》的最后一篇《一觉》里写道:"魂灵被风沙打击得粗暴,因为这是人的魂灵,我爱这样的魂灵;我愿意在无形无色的鲜血淋漓的粗暴上接吻。飘渺的名园中,奇花盛开着,红颜的静女正在超然无事地逍遥,鹤唳一声,白云郁然而起……。这自然使人神往的罢,然而我总记得我活在人间。"

这省略号以前的，就是看碟看电影的感受了，省略号以后的，记得人间这档子事，却经常是要看电视才能想起来的。除去社会责任感之类，它也还是能说明一点向内或者向外的态度吧。

看过《东京物语》和《秋刀鱼之味》，觉得好。不敢评论，只是觉得好，清茶清水的好，老太婆死了也好，女儿出嫁了也好，怎样都好，岁月静好。老年人、老年人的作品、以老年人为题材的作品，总归有一个好处，就是若无其事地絮叨。这是年轻人再怎么都做不到的，他们怎么做是一个结构，老年人一拿出来就是质感。这个东西真是没法超越。

可能是对絮叨这个事情上了瘾，我对电影这个东西总有丝丝的不满足。不管怎么说，一部电影就那么长时间，短得观众和作者都必须注意到它的整体性，它的形式、表情、节奏韵律、起承转合。然而生活不是这样的，生活的絮叨没有整体性，它比任何的设计出来的结构都复杂，对任何自以为是的形式感都有水一般的摧毁力跟溶解力——对艺术这是不可能的任务这是我的苛求了。小津安二郎已经是顶顶好的了。

于是对电视剧我就一直有一个理想，那就是无止境地絮叨下去。篇长到和生活平行的架势，篇长到获得自由的态度。我想既然它是个比方，就应该是一个动态同步的比方而不是一个静止死掉的比方。美国那些一季一季拍下来的世态情景剧本来是在做这件事了，可是他们追求的是一小下一小下的戏剧效果，好看当然是好看的，只是没读过《红楼梦》的人哪里懂得什么是絮叨。

最近一直在看《澡堂老板家的男人们》，几乎完全满意了。辣白菜一样的家常，辣白菜一样的喜悦。也是搞笑的，也看得出是精心安排的，但终究是絮叨的。絮叨到没有意义。

从小肉丸子到高尔夫的广阔前景

2003.《外滩画报》

　　刚上大学的时候,系里来了个在美国念了书的台湾人。这个人很爱讲话,也容易激动。有一次他说,我们为什么学不好建筑? 为什么中国现在不会有大师? 因为我们没见过好东西! 我们从小就是在坏建筑里生活的,我们根本不知道好东西什么样! 什么是创造力? 我们的脑子在创造之前都被装进了些什么? 这一连串的反问可真是震撼人心,我当晚就掉进了没吃过猪肉也没见过猪跑的深深自卑里,最后狠狠地跟自己承认了,我就是被这样的生活造就的,没什么是可以被改变的。

　　这是好多年前的事了,现在情况我看是好太多了。生活在落后文明里总得有点东西安慰自己,我现在就终于让自己觉得,长个黑眼睛到处找光明这个命运其实也很不错。看见先进文明时候那种豁然开朗的感觉很不错,然后朝着广阔前景一路狂奔的感觉也不错。

　　我有幸认识一个很会讲故事的有为青年,这个青年和别的很多有为青年一样,来自咱祖国偏僻贫穷落后的农村,并且年少时梦想做一个总统。为此,该青年很不好意思,他说他们大学宿舍八个人,其中七个都严肃地梦想过当总统,七个都来自比县城还下面的农村。小地方,很容易就会有世界了然于胸的感受。

现在,这个青年热爱打高尔夫。我对这项昂贵的运动缺少体会,想到这个就觉得视野开阔,到处绿着,人在上面打着小白球走,大部分时间在走,走得还挺慢,越走越觉得世界广大无边。问他如何就放弃了一览众山小的虚幻自慰呢?怎么就换上了这个高贵的小蚂蚁的谦卑。有为青年给我讲了下面的故事。

我上初中的时候,有一年,我爸来县城看我,拉上我和也在县城念书的我姐出来改善伙食。我们一行三人来到了县城饭店,那是全县最高级的了。

我爸点了几个菜,这几个菜不但解了我们两姐弟的馋,更让我对吃对人生幸福的可能有了新的认识。这么说可不夸张,你瞧瞧我爸都点了些啥!清蒸鸡!你看看,不是红烧也不是爆炒——本来我以为,吃鸡还不是吃它油大且香?可是现在,清水煮白鸡!发明出这种做法的人的味觉显然大大地超越了我对油对肉的低级诉求。

再一个菜是丸子汤。丸子,深加工之后的一团肉,它大大地改进了我的悲观的人生态度——我在学校吃不上肉,因为长期吃不上对肉对好日子的态度不免虚无起来:好能好到哪儿? 不就是吃肉吗? 天天吃肉,大块地吃,不搁菜地干是肉——可是眼前的肉丸子! 肉,全是瘦肉,不但全部是瘦肉,还切碎,切碎拌上小葱花和姜末,(其实应该还有更让人受不了的鸡蛋清),团成小球,漂在漂亮的菠菜叶子中间的小球……啊,何等尤物!

吃了这一餐,走在回县城中学的路上,我想到吃——原来是这样天地广阔,有所作为;我的生活和命运,又何尝不是如此啊!

张春花吹气如兰

写于 2003 年

2006.4《南方人物周刊》

　　我念的第一个小学，非常小，全校只有六个班。学校坐落在一所空军学院的院子里，我在那里第一次看见了飞机。一座袖珍的二层小楼，小小的缓坡屋顶，微微挑出的房檐下露出椽子来。现在想是木结构，那时也不懂，只是在雨天使劲儿往后站，贴在墙壁上看水珠子一串一线落下来。墙壁是红砖砌的，窗沿子底下抹了干粘石的裙子，手往后按去硌出许多红红的小坑，有点疼。

　　窗沿子往南，隔了几组水泥抹的菱形相套的花池子，还有一条容得下三个小学生并排行走的方砖小路，接着就是领操台和运动场了。其实领操台就在运动场上，前面还有个旗杆，有些时候会有国旗在飘。运动场不大，没有跑道，只有两个球门，东一个，西一个。西边那个球门往北，往教学楼这一边，野草丛生的墙根子底下，是一排高低错落的单杠。最矮的我膝盖勾上去脑袋可以碰到地，最高的我跳起来也够不着。那时我大概有一米或者一米一那么高吧。

　　运动场再往南，有好几排非常非常高的杨树。杨树那边不远，就是空军学院的家属宿舍,我们班生活委员孟欣欣就住在那里。她每天早上一起床就跑来开教室门,开了门再回家吃饭。班里有几个跟她交好的同学在体活课的时候去过他们家,被老师批评了。我并不是其中的一个。我那时候和张春花最要好,因为我们个子相仿高。她是全班最矮的一个,我是第二个。做课间操的时候,她就站在我前头,小臂看齐的时候,我的手就戳到了她的腰。我们的座位都是第一排,我们中间隔着她同桌,还有一排过道。她同桌是个姓宋的小子,非常烦人,我在下课的时候坐到他的座位上去总是被他撵走,他的座位上铺着六角形碎花布拼的圆形小坐垫,镶白布飞边儿,我至今还记他的仇。

值日的时候,我和张春花分到了一组,并且她是组长。有一天晚上,值日的工作基本已经做完了,别人都走了,我和张春花也背起了书包,准备锁门走了。这时候,张春花说,玻璃还没有擦!在教室和走廊之间,有一扇打不开的小窗子,为了大人们站在走廊里踮起脚就能看见教室里面。张春花认为,它既然是在屋子里,就应该和门框一样的待遇,每天擦一擦。我对这件事没有什么想法,只是很清楚自己并不急着回家。于是我们擦。

玻璃窗一点也不脏,被我们擦了一阵子就很脏了。我们分站在玻璃窗两边的桌子上,看见哪里有污点,就用手指头使劲儿擦一擦。擦不掉的话就敲一敲,表示脏在那一面,那一面就再使劲儿擦一擦。这样也擦不掉的话,我们就用嘴呵呵气,呵得雾蒙蒙的再使劲儿擦一擦。不知道为什么,我这一面比她那一面干净好多,很快就停下来了,偶尔敲一敲。一边敲一边瞧着。有一刹那真是安静极了:张春花鼓着腮帮子,微摇着头,瞄着眼睛,朝着小污点凑了过去。凑过去,吹过去,又慢又轻,吹出一朵花来。一朵花散在玻璃上,慢慢退去。

两个清明节

2003.《外滩画报》

　　每年清明节，都要开主题队会，或者主题团日。小学时候，我是一个身材矮小、嗓音高亢、成绩优异、爱出风头的女生。我没当上中队长，更没当上大队长，那只是因为我风头太劲，显得不够稳重。但是到了要搞活动的时候，我不仅是个不可或缺的角色，还要担当锦上添花的重任。

　　在野的我，另类高手的我，每到三月下旬，就扒出家里一本掉了皮的、纸已经变得黄而脆的、繁体字的，革命烈士诗抄。我朗读，我背诵。我有感情地朗读，我有感情地背诵。"五卅呦，立起来，在南京路走！把你血的光芒射到天的尽头，把你刚强的姿态投映到黄浦江口，把你洪钟般的预言震动宇宙！"这首诗好像是殷夫的。我记得我在离四月五日最近的那个周五的下午，站在讲台上，全班同学面前，激情澎湃地，背诵了这首诗。我印象如此之深是因为，当时自己把嗓音拔得太高了，造成了一阵剧烈的眩晕，差点就把我血的光芒射到了天的尽头、黄浦江口，并且震动宇宙。在轰鸣的掌声里我的眼前漆黑一片，刚刚洒过水的水泥地浮起了一股尘土味道的阴凉。

等恢复视力、走下讲台,我发现自己的腿已经完全软掉了,两跟粗面条里连一丝丝的神经都没有——我少年的羞耻心在一个趔趄里骤然觉醒了。

四年以后,初中三年级的清明节,我入团了。我们是在南湖公园的革命烈士墓前宣的誓。我记得新团员代表,其他班的一个叫于天远的、以擅长写作文而著名的女同学,站在墓碑前,念了一篇类似表决心的东西。她念得非常有感情,但是并不像我当初那样完全没有节制。于同学头发浓黑,戴个眼镜,手里捏着个讲稿,身前一个话筒,真是端庄极了。她的演说分为三段,昨天,今天和明天。昨天,革命烈士抛头颅、洒热血;今天,我们要踏着烈士的足迹前进;明天,关键是她说明天,明天我们将是时代的弄潮儿。多么羞愧! 整整十年的明天过去了,我仍然不是一个弄潮儿! 我缺少它的斗志、勇气、生机,以及欢乐,这是多么让人羞愧。

演讲之后,我们合唱。唱《五月的鲜花》。我们班上有一个擅长唱歌、提前上学又跳级、所以还保有童声的李姓男同学,他责无旁贷地和另外一个嗓音尖利的朱姓女同学一起领唱。当时所有人都知道,小李单恋小朱。在所难免地,大家在排练的时候要嘲笑他们。男同学们在后面一起哄,小李就转过身来,和大家一起笑,假装是在笑别人的事情。到了入团那一天,大家都很严肃,可是小李唱着唱着,就笑了起来。他前面有个扩音器,所以所有人都听见了他的笑声。于是又有几个人也笑了起来,笑着唱了起来。

这下可糟了。坚持到所有仪式结束之后,年级主任铁青着说,都站那儿别动! 刚才谁笑了,给我站出来! 一片沉默。绵绵细雨洒在青草还没有长出来的墓地上,浮起一股尘土味道的阴凉。

和付龙一起跳集体舞

2003.《外滩画报》

上初中一年级的时候,我们还属于少年儿童,扎红领巾,过儿童节。儿童节的时候,学校组织集体舞比赛。主要是跳舞,其次是比赛。不过大家还是练习得很认真。过了五一就开始,跳啊跳啊,一直跳到六一。

我那时候身高一米三八,是全班最矮也最儿童的一个。我同桌叫付龙,绝对不超过一米四五,是男同学中最矮的一个。付龙实际上比我们还大一岁,我们都属蛇,或者更小,可是他属龙,叫付龙。

付龙在来我们班之前,已经念过了一年初一,他留了一级。可是他完全不记得这件事情,好像只是换了一个教室而已,仍旧整天在玩儿。他书包里有一整套工具,小刀,剪子,锉子,镊子,砂纸,放大镜,橡皮筋,线团,还有其他随机出现的东西。他就玩儿这些东西。有一次班里的拖布杆被男同学打仗打折了,他偷偷捡了来,用小刀一点点削,用小锉子还有砂纸一点点磨,磨了有一个礼拜,做成了一条光滑完美的双截棍。两截嫩白笔直的拖把杆中间,连了一段亮闪闪的不锈钢链子,真是神气极了。付龙冲着我把两根棍当当一敲,咧着嘴就乐了起来。他眼睛溜圆,门牙中间有道缝,咧开嘴一笑——天哪,完全是个儿童。

一下课,儿童付龙就变得很油滑。他从第一排直窜到最后一排,跟途中遇见的每一个人打招呼,"老大!""老大让我过去呗,老大!""老大今天真帅,老大!""老大饶了我吧,老大!"班里的每一个人都是老大,付龙管他遇见的每一个人都平等地叫老大。他甚至管我也叫老大。"同桌老大,把你卷子借我抄抄呗!老大!"

作为班里最矮的女生和最矮的男生,我和付龙在跳舞的时候凑成一对。那时候班里有些老大正在谈恋爱,大家东凑西凑,笑嘻嘻地把他们都凑成一对。于是那些没在谈恋爱的,也都受了暧昧的暗示,不自在起来了。不过他们都心照不宣,只有我和付龙溢于言表。

跳集体舞嘛,总是要拉拉手什么的。我和付龙就谁也不肯拉谁的手。拉了手也就是我伸出一个食指去,付龙攥着。或者反过来。后来付龙想了一个办法,他把一根冰糕棍藏在衣服袖子里。到了该拉手的时候,他就像周杰伦一样把冰糕棍变出来,我们一人捏一头,把冰糕棍藏在中间,真是天衣无缝。

除了拉手,还有一个更亲密的动作,不好克服。那个动作很像擦玻璃,两个人面对面,四只手抵着,在与地面垂直的方向上画圈圈。伴随着舞步,左一圈右一圈,右一圈左一圈,难看得要命。这个擦玻璃的问题,后来也被付龙解决了。他拿了我们俩坐公交车的月票,也藏在袖子里——东北冷,五月还穿长袖——到了擦玻璃的时候,他就又神乎其神地变它们出来。其实手指头还是贴在一起了,不过有月票夹在中间,心里竟也自在了很多。

当年我和付龙一起跳集体舞的情形就是这样的。

亚寒带针叶林

2001.12

　　人说伦敦是雾都什么的，我现在都觉得是个谣言。来了两个多月，只有一个早上，见到了雾，挺普通的雾，没什么特别。不过经常经常下雨。不下雨也阴天。偶尔晴了，就都过节似的——嗨，亲爱的，这样好天气你还在房间里工作？

　　天晴了就跟着到大街上溜达去。跟他们吹牛，北京的秋天——那叫一个晴！想起清华东西干道上那些银杏树。那些树好像长得都一样，兄弟姐妹地商量好了，哪一天就一股脑就都黄了。蓝天绿水中间，他们黄得像两排皇后，又成熟又高贵又迷人。

　　中学课本里说银杏树是活化石，是北京的特产。可是伦敦也有。学校的图书馆前就有四棵，都挺大的，有年头了。风吹雨打，叶子浮在永远鲜绿的草地上，好像漂在水上的花。同学拾起一枚，擦干净尘土跟水汽，在手心展平。终又放开，凭它落下去。告诉我说，他们德国有一个传说，如果把秋天的银杏叶子送给爱人，他会永远都爱你。每个民族的情感都一样，原来这是真的。

"姑娘你对我说，你永远都爱着我。爱情这东西我明白，但永远是什么？"

　　转眼冬天了，这里还是下雨。朋友一个月前就报告说北京下了雪。长春就更不用说。长春的冬天让人怀念。冷得清澈纯粹。去年冬天去郊区，汽车穿过密密实实的柏树林，树梢间偶尔泄露响晴的天光，射在没人碰过的雪地上。我脑子里刷刷地就闪出一些像"家乡"这样的词来。亚寒带针叶林，听起来又孤独又浪漫。

　　一个惯常的阴天，我们很例外地有了一个午休。我吃了点东西在街上随便走，就拐进了一条平常不经过的胡同——是挺窄的街道。确实是很窄的，都不可以过车。停了几辆车，都小小的，乌龟一样往里缩成一团。两边的房子也就是那样的，和早年间正大综艺里头的差不多。挤着，一抹平的立面上拼着各色的砖石线脚跟窗子。街上没有人，很阴的天，深蓝紫灰的颜色，若无其事又不容反驳地向下压着。街上很安静，我深呼一口气，想着该有野猫叫两声才对。但是也没有猫。寂静里我没来由地想起了以前的某一天，我小小小时候的一天。但是我怎么也想不起来那一天是哪一天了。或者连那一天是什么样子也抓不住。我拼命想也想不起来——我没有办法拼命想，颤巍巍地还没能留住它，过隙白驹。有什么东西不小心，刚要泄露一点点，倏地，就不见了。

　　那个不太真实的阴天里，我清楚地感到，我丢了很重要的东西。丢了很重要的东西并且不知道丢的是什么。另有别的世界，大的秘密，可我总是跟他擦肩而过。

后　记

　　博客出书这事,有点尴尬。不是心念读者以求交流,也不是严苛自律文艺创作。只是我自己喜欢看陌生人的博客,尤其是讲生活和感受的那种,内容未必多新鲜,见解也未必有启发,但是那讲述本身带有迷人的庄重。

　　对我来说,我想对很多比我更默默无闻的人来说也一样,写博客是试图理解人生、感知自我、赋予生活以意义的方式。

　　最初写的时候,我一个人住,没有工作,有时三天不出家门,一个礼拜见不到知道名字的人。出现很多层意识,套娃式的往外长,一个一个往回盯着自己看,快要活成幻觉。在那个状态里,一切都是有意味的。手电筒照到哪里,哪里就生成了语言。写下来的只是非常偶尔的一点。我有点着迷,好像那目光就是自己不可分解不容辩驳的存在;也有点莫名的信心,以为是不败的清醒。

　　后来突然就去广州写社论。我是下了决心要活得"外在"一些,可是并不打算没有保留。只想增加另一个自己,不想彻底换成另外一个人。最害怕的就是陷入无意识的生活。继续写博客,继续那个调调,就有了一点防御和挽救的意味。有时候忙碌热闹得久了,博客就空着,心里觉得不安,好像很久没回家。就停下来,多停一会儿,就回去了。也很自然,安定欣然,不觉得是被自己的姿态绑架。

写博客帮我建设了一个角色,我还比较喜欢这个角色。可能更自足的人,感觉到就好,不用写,写了也不拿给人看;也许还有更自在的人,不需要语言,感受像水一样像时间一样流过,没有形态,舒泰坦然。我不行,我要用语言,不然就觉得它是个影子;我要拉它出来展示,不然就觉得它是在影子里。

可能我对此生此世此情此景有一种本能的信赖,就算写信给上帝,地址也在人世间。

我自己觉得博客比稿子写得好一点。自由,也就忠诚一些,放纵自己的强迫症,对照文字和感受是不是贴合。当然也有偷懒的时候,所以选过一遍也还是良莠不齐。

这些年写了差不多一百万字的稿。可能是境界不够,总觉得受束缚,被预期,有读者意识,多半有字数要求,要"成文"。我也不好意思太自说自话,显得不"专业"。有时候开头很真心,写着写着还是勉强了。我又总是记得那些勉强,星星点点许多小遗憾。

还是挑了几篇自在一点的,放在后面。

这本书送给我爸。

我跟爸非常像,只是运气比他好。他给我的基因里有一种东西,好像无论你选择什么样的生活,它都是一个劣势,一个缺陷。我试过克服它,很用力很吃苦,还是不能够。转身想到它就是我,就是上帝给我的道路。我想通过写作,完成这一种基因的使命。爸天上地下有知,我希望他能感到宽慰。

爸知道我有文学梦,有一年春节很认真地问我,你到底想写什么。我还没写出来那本、能回答这个问题的书。我早晚会写出来的。

图书在版编目(CIP)数据

出神/刘天昭著.—上海:上海三联书店,2011.6
ISBN 978 - 7 - 5426 - 3497 - 9

Ⅰ.①出…　Ⅱ.①刘…　Ⅲ.①散文—作品集—中国—当代　Ⅳ.①I267

中国版本图书馆 CIP 数据核字(2011)第 029986 号

出神

著　　者 / 刘天昭

责任编辑 / 彭毅文
装帧设计 / 刘天昭　张雪倩
监　　制 / 任中伟
责任校对 / 张大伟

出版发行 / 上海三联书店
　　　　　(200031)中国上海市乌鲁木齐南路 396 弄 10 号
印　　刷 / 上海叶大印务发展有限公司

版　　次 / 2011 年 6 月第 1 版
印　　次 / 2011 年 6 月第 1 次印刷
开　　本 / 890×1240　1/32
字　　数 / 290 千字
印　　张 / 12.25
书　　号 / ISBN 978 - 7 - 5426 - 3497 - 9/I・512
定　　价 / 30.00 元